心剣

剣客相談人4

森詠

時代小説

二見時代小説文庫

目次

乱れ髪 残心剣——剣客相談人4

第一話　おぼろ月

一

春うらら。大川はゆったりと流れていた。

荷物を満載した帆掛け船が、のんびりと川を下っていく。

長屋の殿様こと元那須川《なすがわ》藩主若月丹波守清胤《わかつきたんばのかみきよつぐ》改め大館文史郎《おおだてぶんしろう》は、その日も日がな一日、大川端に座り、釣り糸を垂れていた。

退屈だった。このところ剣客相談人は開店休業したままで、何もすることがない。

爺の左衛門《さえもん》は、毎日のように呉服屋清藤《きよふじ》に出かけ、口入れ屋を兼業している権兵衛《ごんべえ》の許《もと》に詰めているが、依頼がないことには仕方がない。

暇を持て余した大門甚兵衛《だいもんじんべえ》も、今日は日銭を稼ぐため、どこかの倉の建て増しの普請工事で人夫となって働いているはずだ。

世の中、平和で揉め事がないということは、決して悪いことではない。とは思うのだが、剣客相談人の看板を掲げてある以上、多少は糊口《ここう》を濡らすくらいの実入りがあっても、と願うのは勝手過ぎようか。

文史郎は、川の流れに浮き沈みしている浮きをぼんやりと眺めた。

いつの間にか、空にどんよりとした雲が広がり、川面はそれを映じて灰色になって見えた。

この数日、梅雨の走りのような雨が続いていたので、上流域に降った雨水が溢れて大川に流れ込んだらしく、川は濁っている。

濁った川の日は、よく魚が獲れる。

魚だって濁った水の中ではあたりが見えない。だから、餌《えさ》は嗅覚で探すしかない。それで釣針についた餌だと気づかずに、餌にぱくつき、釣り人の釣果《ちょうか》となる……はずなのだが、目論見《もくろみ》は外れて、いままでのところ、まったく釣果はない。

世の中、何事も思い通りに運ばないのが常というものだ。うまくいかないときは、あきらめてじっと、次の波が来るまで待つしかない。

文史郎はぶつぶつと独言《ひとりごと》を呟《つぶや》きながら、ついっと釣り竿を引き上げた。釣り竿を握る掌に、かすかに魚信《あたり》があったような気がした。

しかし、釣針には、白くふやけたミミズがだらりと垂れ下がっているだけだった。

魚が一口も食べた痕跡がない。

――そろそろ、また場所を変えてみるかな。

文史郎は白くふやけたミミズを釣針から外して、川に投げ捨てた。餌箱から新しくて活きのいいミミズを取り出して釣針に掛け、また重しとともに、川へ放り込んだ。

背後に人の気配を感じた。足音から釣り仲間の小鉄《こてつ》だと判じた。

「旦那、いかがです、本日の釣果は？」

「人生、晴天あらば、曇天《どんてん》もありだ」

「曇天ですかい。ちょいと御免なすって」

小鉄は首を竦《すく》め、魚籠《びく》をちらりと覗き、えへと笑った。

「そういうおぬしは？」

「あっしも、旦那と似たようなもんでさあ」

小鉄は照れたように笑い、手に下げた魚籠を見せた。魚籠の中には、ぼらが二尾、銀色の腹を見せている。

そのとき、突然、釣り竿が大きくしなった。魚信《あたり》がないのに、釣針に何かがかかったらしい。

「お、旦那、来たじゃねえですかい」

「う？　かかったか？」

文史郎は釣り竿をぐいっと引いた。釣針に何かが引っかかったようにも思える。川底の岩にでも引っかかったかと思ったが、竿を引けば動く。

ただ、重い。かなりの重さがある。

「旦那、大物を釣り上げたんでねえですか」

「いや、……違うな」

文史郎は川面を睨んだ。

水面に緋色《ひいろ》の着物のような物が見え隠れしている。文史郎はしっかりと竿を引き上げ、引っかかった物をゆっくりと川岸に引き寄せた。

文史郎は一目見て、小鉄にいった。

「小鉄、悪いが近くの番所へ一《ひと》っ走りして、町役人《まちやくにん》を呼んで来てくれ」

「へえ。合点《がってん》でさあ」

小鉄は水中に漂う黒髪を見ると、ごくりと息を飲み、あとも見ずに河岸《かし》を駆けて行った。

文史郎は竿で川に浮かび上がった死体を岸辺に寄せた。

仰向《あおむ》けになった女と、俯《うつぶ》せになった男の死体は、互いに手と手を赤い紐で堅く結んであった。

——相対死《あいたいし》か。

文史郎は呟いた。

相対死、つまり心中《しんぢゅう》は天下の御法度《ごはっと》。二人とも無事に、あの世へ行ければいいが、万が一死ぬのに失敗したら、悲惨で過酷な科《とが》が待ち受けている。

生き残った片割れが男なら、女を殺した科で、獄門晒《さら》し首は免れず、女なら日本橋の袂《たもと》に三日の間晒しものにされ、最後には女郎屋へ叩き売られるのだ。

この二人は、無事目的を達成できて幸せかもしれん。

文史郎は、そっと手を合わせ、冥福を祈った。

二

川岸に引き揚げられた二体の遺体は薦《こも》をかけられて並べられていた。

数人の町役人たちが、遺体の周りに集まり、薦をめくって検視しながら、何事かをひそひそと話し合っている。

それまで付近の岸でのんびりと釣り糸を垂れていた釣り人たちは、役人たちが駆けつけたのを見て、急いで竿を引き上げ、野次馬となって集まった。

顔見知りの忠助《ちゅうすけ》親分や末松《すえまつ》らが十手《じって》をちらつかせて、それ以上野次馬たちを現場に近づけないよう追い払っていた。

「旦那、えらいもん、釣り上げてしまいましたねえ。くわばらくわばら」

小鉄が文史郎の肩越しに、恐々《こわごわ》と覗き込み、厄払いの呪文を口に唱えていた。

「……アブランケンソワカ。アブランケンソワカ。あっしは土左衛門と雷さんと借金取りが大の苦手でやしてね。できれば見ないで避けて通りたいもんでして」

文史郎は少し離れた柳の下で、町役人たちの検分の様子を眺めていた。

「……いま流行《はや》りの心中ですかい。なんも死ぬことはねえと思いやすがねえ」

「…………」

「生きてりゃ、そのうち、花も咲こうってもんじゃねえすか。ねえ、殿様の旦那」

「…………」

文史郎は振り向いた。

通りの先から、大柄な大門甚兵衛と、小柄な爺の左衛門が、あたふたと駆けつけて来るのが目に入った。

――二人とも知らせもしないのに、よくぞわしが土左衛門を釣り上げたのを嗅ぎつけて飛んで来たものだ。

文史郎は二人の野次馬根性に呆れて頭を振った。

やがて検視が終わったのか、町役人たちは番所の番人たちに、戸板を運んで来るように命じていた。

顔見知りの南町奉行所の同心小島啓伍《こじまけいご》が、同僚たちから離れ、しかめっ面で文史郎の許に近寄った。

「殿は、どうご覧になりましたか？」

「どうといわれてもな。わしは遺体を引き上げるときに、少し見ただけだ」

「そのとき、何かお気づきになりませんでしたか？」

「うむ。気になったことといえば、二人とも、水を飲んだ様子はなかった。もし、溺れていれば、どちらも、もっと苦悶の表情をしているはず」

「お察しの通りです。どうやら、二人は殺されたあとに、川に放り込まれたようです」

「では、相対死ではないと申すのか？」

「はい。二人とも相対死風に、互いの胸を突き刺した傷痕があるが、男の胸の傷痕は、心の臓を抉《えぐ》るように深く刺突した傷に対し、女の胸の刺し傷は肋骨で刃先が止まっている。つまり、浅い傷で致命傷ではありません。代わりに喉に縄か何かで絞められた索のような筋がついている。間違いなく首を絞められて死んだと思われます」

「死後、どのくらい経っているのかのう」

「死体は硬直していますが、まだ腐敗が進んでいないので、おそらく一日か二日といったところですかね」

「一日、二日か」

「おそらく大川のどこかで放り込まれ、ここに流れ着いたのでしょう。死体はいったん沈みますが、腐敗が進むと膨れ上がって水面に浮かび上がります。殿は川底に沈んで流されている死体を釣り上げたようですな」

小島はちらりと野次馬が集まった川端に目をやった。

下駄の歯音を立てて、大門が駆けつけた。そのあとから、息をぜいぜいさせた左衛門が草履の音を鳴らしながら到着した。

忠助親分は、大門と左衛門と分かって、何もいわずに現場に通した。

「大門も爺も、よく遠くから嗅ぎつけたのう。いやあ、感心感心。その嗅覚、まるで金蝿銀蝿並みだのう」

「殿、妙な誉め方しないでくださいよ」

左衛門は肩で息をしながらいった。大門もうなずいた。

「偶然です。ちょうど口入れ屋の権兵衛から、いい仕事の口を聞いたので、早速殿に知らせようと馳せ参じようとしたところでござった。そうしたら、ここの騒ぎを見て、通りすがりの町人に尋ねたら、心中の土左衛門があがったと聞き、飛んで来た次第」

左衛門は、文史郎に訊いた。

「殿こそ、こんなところで、何をなさっているのですか。物見高い。もう土左衛門は見たのですかな」

「大門さん、殿が発見してくれたのですよ。もし、殿が釣り上げなかったら、大川を流れて、江戸湾の穴子や蟹、海老の餌になっていたところです」

小島啓伍がにやにや笑った。左衛門が顔をしかめた。

「小島殿も嫌味なことを平気でいう御仁《ごじん》になったのう。わしが江戸の穴子が大好きなのを知ってて、そんなことをいうのかな？」

「まあまあ。ものの譬《たと》えですよ。気にせんでください」

「いや、気にします」

大門が鍾馗《しょうき》様のように生やした黒髭を撫でながら、顎を薦に向けた。

「小島殿、あれか、例の心中した二人《なに》か？」

「そうです。いま、殿と話をしていたのですが、どうやら相対死《しんぢゅう》に見せかけた殺しらしい」

大門は好奇心丸出しの顔で、じろじろと薦に目をやった。

「心中に見せかけた殺しだと？　けしからんな。で、女はきれいか？」

「それはきれいな顔です。肌は抜けるように白く、いまにも息を吹き返しそうで」

「いくつくらいの女だ？」

「年のころは、まだ十七、八歳。鉄漿《おはぐろ》はしていないので未婚でしょう。島田髷は解けているので、どんな結い方だったのか分かりませんが、赤い襦袢姿から見て、おそらく水商売の町娘ではないかと」

「遊女ということはないか？」

「かもしれませぬが、さらに調べてみないと、はっきりしたことは分かりませぬ」

「で、男の方も町人かの？」

「いえ。身なりから、浪人者と思われます。少し不精髭を生やしておりますが、月代《さかやき》はちゃんと手入れして剃ってありました。年のころは、おそらく三十路《みそじ》を過ぎておりましょうか」

　文史郎は訝《いぶか》った。

「腰の大小は？」

「ありませんでした。もしかして、川の中かもしれませんが」

　大門がしゃしゃり出た。

「小島殿、わしに仏さんを見せてくれぬかのう？」

「大門、おぬしが見てどうするのだ？」

　文史郎は呆れた。大門は頭を掻いた。

「ほれ、浄瑠璃でもあるではないか。どんな美男美女が心中するのか、一度、この目で見てみたいと思うてな」

「だから、小島が心中に見せかけた殺しだと申しておるだろうに。心中ではない」

「なんであれ、後学のために、ちと見ておきたいのですがの」

　左衛門が脇から口を出した。

「大門殿、見世ものではありませんぞ」

「そういう爺も見たいのではないのか？」

「いや、わしは殺しと聞いて、少々興味を覚えたまでで、大門殿といっしょにされたは迷惑でござる」

　左衛門はしかめ面をした。大門が慌てて付け加えた。

「そうそう。それがしも爺様と同じですぞ。殺しと聞いたら、これは見逃せぬと思うただけでござってな」

　小島は薦の方を振り向きながらいった。

「見ても、あまり気持ちのいいものではないですよ」

「拙者、仏さんを見るのが慣れておるでな。検分して、何かおぬしたちの役に立てるかもしれぬ」

「分かりました。では、お二人とも、どうぞご覧ください」

　小島は大門と左衛門にうなずいた。

　ちょうど忠助親分立ち会いの下、番所の番人たちが戸板を運び込み、遺体を一体ずつ移したところだった。

　小島は忠助に声をかけた。

「忠助親分、大門さんと左衛門さんたちが、仏さんを見たいそうだ。見せてやってくれ」

「へえ。さ、どうぞ」

忠助は薦の一端をめくり、大門と左衛門に見せた。女の遺体だった。

文史郎も二人といっしょに屈み込み、遺体を覗き見た。

濡れた赤い襦袢姿の娘は軀《からだ》の凹凸が現れて、妙に艶《なま》めかしかった。

娘の顔は白蠟《はくろう》のように白かった。両目をかっと開き、中空を睨んでいた。顔の輪郭に幼さを残している。はっきりした目鼻立ちをしており、生前はさぞ美しい娘だったろうことを窺わせる。唇の右下にある小さな黒いホクロが妙に際立って見えた。

娘の髷の元結《もとゆい》が解け、長い黒髪が首に絡まっている。はだけた襦袢の襟の間から小さな乳房の丸みが覗いていた。

左の乳房の膨らみの下に白い刀傷が口を開いていた。刺突した傷だったが、見るからに浅手と思われる傷だった。

娘の首の喉元には、赤く欝血《うっけつ》した索条痕がついていた。紐か何かで後ろから絞められた跡だった。

薦をさらにめくり、娘の下半身に目をやった。襦袢の裾がめくれ上がり、白い大腿部や股の付け根の黒い翳りが露《あらわ》になっていた。

「可哀想にのう」

左衛門は乱れた襦袢の裾を合わせ、娘の大腿部や下腹部を覆い隠した。

文史郎は娘の手に目をやった。

娘の手の指の何本かは爪が剝がれ、紫色に変色していた。

「これは？」

文史郎は娘の足首に触った。そこにも、かすかだが縄か紐で縛った痕があった。

「どうやら、すぐには川底から上がらぬように、足首に紐をかけ、重い石に結びつけてあったようです」

小島が後ろからいった。

「この娘の身許を窺わせるような遺品は、何かなかったかい？」

「何も」

小島は頭を左右に振った。

文史郎は、あらためて娘の顔を見直した。

「安らかに眠らしてやらねばな」

文史郎は娘の瞼にじっと手を押しあて、瞼を閉じさせた。

文史郎は丁寧に薦を娘の軀にかけ、みんなで合掌した。

野次馬たちが騒がしくしながら文史郎たちを遠巻きにして見物している。

——物見高い連中だ。そんなに死体見物がおもしろいのか。

文史郎は溜め息をつき、もう一人の遺体を載せた戸板に近寄った。

忠助親分がゆっくりと薦をめくった。

着流し姿の侍が現れた。こけた頬にはまばらに不精髭が生えていた。髯は濃い男ではない。

「……うっ」

一目遺体を見た大門が手で口を押さえた。

「どうした、大門」

文史郎の問いかけにも応えず、大門は柳の木に走り寄り、根元に嘔吐《おうと》を始めた。苦しそうに何度も吐いている。

「大丈夫かのう。さっきから青い顔をして。無理して死体なんか見るからだよ」

左衛門が大門の背をとんとんと叩いた。

文史郎は侍の遺体に目をやった。

侍は娘とは対照的に目を閉じ、眠るように安らかな顔をしていた。

だが、左の着物の胸には鋭い刀で突いた一筋の刀痕があった。大刀を水平にして、心の臓に真っ直ぐ刺突した痕だ。

文史郎は傷口に人差し指と中指を入れて探った。二本の指はずぶりと奥深くまで入り込み、ぬるぬるした心の臓に触れた。水平になった刃先は肋骨の間を擦り抜け、心の臓を切り裂いていた。

侍は一撃のもとに即死したに違いない。

「こちらの侍の身許を示すような物はなかったか？」

「何もありませんでした」

文史郎は侍の左手の掌を調べた。掌は分厚くて硬く、剣を遣っている跡があった。左腕も太く、肩や胸の筋肉も盛り上がっている。

生前、侍はかなりの剣の遣《つか》い手だったと文史郎は思った。

侍の足首にも、娘同様、紐を縛ったときにできる索条痕がついていた。

侍の左手首には、赤い紐が縛られたまま残っていた。

「もうよろしいですか？」

「うむ」

文史郎はうなずいた。忠助親分が薦を遺体にかけ戻した。

「ひとまず番所に運ばねばなりませんので。ここで失礼いたします」

小島は文史郎たちに頭を下げた。

忠助の指図《さしず》で、番所の番人たちが四人ずつ一組になり、二つの戸板を持ち上げた。

小島を先頭にして、戸板で運ばれていく二体を、文史郎たちは合掌して見送った。

野次馬がぞろぞろと小島たちの後ろからついて行く。その中には、仲間たちと話しながら歩く小鉄の姿もあった。

「やれやれ、とんだものを釣ってしまったのう」

文史郎は爺と大門を振り向いた。

「いや、まったく。殿も運が悪い。なにも殿が見つけなくても」

「そういう運命にあったのだ。仕方ないではないか」

文史郎は大門がむっつりとして浮かぬ顔をしているのに気づいた。

「大門、どうした？　顔色が悪いぞ」

「……いや、それがしとしたことが、みっともないところを見せて恥ずかしい」

大門はしょげかえっていた。

「大門、もしや、あの娘や侍に見覚えがあったのではないか？」

文史郎はふと気になって訊いた。

「いや、とんでもない。……」

大門は慌てて髯面をぶるぶると左右に振った。爺が訝った。

「大門殿、今日は、どうもおかしいのう」

「左衛門殿、からかうのはおやめくだされ。少々、昼に食った蕎麦が、あたったのかもしれぬ。少々、気持ちが悪うてたまらんのです」

大門は腹をさすりながら、弱々しく笑った。

文史郎たちは肩を並べ、ゆっくりと長屋へ戻りはじめた。

「まあいい。ところで、爺、権兵衛から、何か仕事の紹介があったのかのう？」

「そう。それを知らせに駆けつけたというのに、すっかり忘れておりました。実入りはともかく、あまり悪くない仕事ですぞ」

「どんな仕事なのだ？」

「それは長屋《やしき》に帰ってから、仕事にありついた前祝いの酒でもゆるりと飲みながら、お話ししましょう」

「前祝いか。いいのう。しかし、爺、あまり気を持たすなよ」

文史郎は左衛門に笑いながら、裏店《うらだな》への道を急いだ。心なしか、大門の立てる下駄の音が弱々しく思ったが、文史郎は気にせずに歩いた。

三

文史郎と爺の左衛門は、湯屋からの帰り、酒屋と煮付け物屋に立ち寄り、濁り酒と魚の煮付けを買い込んだ。

大門は腹を下《くだ》したとかで、湯屋へは行かぬといいだし、長屋に残って飯を炊く役目になった。

陽が遠く山並みにかかり、いましも山陰に落ちようとしていた。富士山が夕陽を浴びて茜色に染まっている。

湯屋から安兵衛《やすべえ》裏店までは、それほど遠くはない。

通りにはまだ腕白盛りの子供たちの群れが右往左往している。

「爺、焦《じ》らさず、そろそろ仕事の話をしてくれてもいいではないかの。そんなに秘密を要する仕事なのか?」

「はいはい。いいでしょう。そんなに勿体《もったい》ぶった仕事でもないのです。仕事というのは、幽霊退治なのです」

「おいおい、爺、また妙な仕事を引き受けて来たもんだな」

「大店《おおだな》の大野屋の依頼でしてね。大野屋の大店に、夜な夜な幽霊が現れるんだそうです。そして、奉公人が一人居なくなり、また一人居なくなるという具合に、次々姿を消しているというんです」

「ほほう。それはおもしろいのう」

「殿、おもしろがっていては困ります。それで旦那をはじめ、女中、番頭たちはすっかり怯えてしまった」

「奉公人が姿を消すというなら、番所に届ければいいではないか」

「それが、大野屋は、日本橋界隈で、一、二を争う呉服屋です。大野屋はあくどい商売をしていたので、誰かに祟《たた》られているなんて噂を立てられたら、客の足は遠のく。それで、このまま幽霊を野放ししていたら、大野屋の商売に差し障りがあるし、暖簾《のれん》にも傷がつく。というんで、極々内密に、同じ呉服屋仲間の清藤の権兵衛殿に相談したというのです」

「ふむ。幽霊を退治してくれというのだな。しかし、馬鹿馬鹿しいな」

「馬鹿馬鹿しいでしょう？　だから、殿にはいいそびれていたのです」

「まだ春が始まったばかりだろう？　幽霊は夏に出るもんじゃないのか？」

「しかし、出るものは出るらしいのです。で、大店の奉公人たちは恐がって、仕事が手につかない。これでは、というので、剣客相談人に泊まって寝ずの番をしてほしい、というわけです」

「ま、一日二日乗り込んでみるか。幽霊の正体見たり、枯れ尾花ということもある。本物の幽霊だったら、それはまた興がある」

「幽霊話は、あまり信じられないですが、奉公人が怯えて辞めていくのはほんとうらしいのです。それを防ぐだけでも、人助けになる」

「うむ。で、実入りは？」

「一晩詰めれば、一人二分ずつ。一晩二人ずつ詰めるとして一両です。悪くない話でしょう？」

「うむ。確かに悪くないな」

文史郎と左衛門は、呉服屋と太物《ふともの》屋の間の木戸に差しかかった。木戸を潜り、裏路地に入れば、その先に安兵衛裏店がある。

文史郎は木戸を潜りながら、ふと足を止めた。殺気だ。それもおびただしい数の殺気を感じる。大刀の柄《つか》に手をかけ、鯉口《こいぐち》を切った。

「……爺。油断するな」

日は暮れて、あたりはすっかり薄暮に覆われている。薄暗がりに沈んだ路地の先に、大勢の人の気配がある。

「殿」

爺の左衛門も、殺気を感じたらしく、手に吊るした濁り酒の壜を木戸の陰に置いた。さすがに煮付けの丼は置くわけにいかず、左手で丼を抱えたまま、右手を脇差の柄にかけた。

文史郎は、ゆっくりと安兵衛裏店の路地に足を進めた。

狭い裏路地の暗がりに何人かの黒装束姿の人影が潜んでいる。

文史郎が足を進めると、人影は音もなく路地の奥に後退して行く。

裏店の二軒目は、文史郎たちの長屋だ。長屋の油障子戸は引き開けられ、暗い土間が覗いていた。

部屋の中にも黒装束の人影が潜んでいる気配だった。

安兵衛裏店はひっそりとして静まり返っていた。長屋の住民たちは、外の気配にすっかり怯えて顔も出さない。部屋の中で息をひそめている様子だった。

「おぬしら、何者?」

文史郎は怒鳴った。路地に潜んでいた黒装束が、一斉に刀を引き抜いた。鈍い刃の光がうごめいている。

「殿、後ろにも」

爺が弁を離さず、文史郎の背に背をつけて囁いた。

いつの間にか、表通りからも数人の黒装束が現れ、刀を抜いた。

「おぬしら、何者だ！」

文史郎たちの長屋から、一人の黒装束がぬっと現れた。

「大門甚兵衛は、どこにいる？」

黒装束は低い声でいった。

「おぬしらは、何者だ？　名を名乗れ」

「名乗る必要なし。大門を出せ」

「大門に何用がある？」

「…………」

黒装束はすらりと大刀を抜いた。正眼《せいがん》に刀を構えた。

「答えよ」

文史郎は大刀を抜き放って相正眼に構えた。

黒装束は濁声《だみごえ》でいった。

「もう一度訊く。大門はどこに行った？」

「知らぬ」

文史郎は正面の黒装束に対峙《たいじ》した。狭い路地では、相手も一人ずつしか斬りかかれない。

相正眼に構えた黒装束は、頭《かしら》だと文史郎は断じた。その男だけ気迫が違う。正眼で向かい合うと、黒装束はかなりの遣い手と分かった。次第に刀の陰に黒装束の姿が隠れていく。

文史郎は下駄を脱ぎ捨てた。油断なく正眼から八相に構えを直した。相手も文史郎の動きに合わせて、静かに刀を斜め下段に構え直す。

「おぬし、出来るな」

黒装束は低い声でいいながら笑った。文史郎もいった。

「おぬしも、少々の腕ではないな。その構え、柳生新陰《やぎゆうしんかげりゆう》流と見たが」

「そういうおぬし、心形刀流《しんぎようとうりゆう》と見た」

黒装束はいうなり、いきなり摺り足で文史郎の懐に飛び込むようにして斬りかかった。

文史郎は相手の刀をはね上げ、相手の喉元に突きを入れた。

相手は文史郎の刀を切り落とし、文史郎と体《たい》を入れ替えた。

あわてて爺が飛び退き、丼を黒装束に叩きつけた。

黒装束は少しも動ぜず、丼を刀で跳ね飛ばし、文史郎との間合いを拡げた。

「今夜のところは、お預けとしよう。みな、引け」

黒装束は刀を納めながら、命令した。それを合図に、黒装束たちは一斉に四方八方に姿を消した。

最後に頭らしい黒装束は姿勢を低くし、表の木戸から早足で出ていった。

「殿、……」

「爺、大丈夫か」

文史郎は刀を納め、あたりを窺った。殺気はすっかり消え去っていた。

「せっかくの煮付けものが……」

爺は割れた丼を手に嘆いていた。

「爺、そんなことより、大門だ。大門はどこへ行ったのだ？」

文史郎は長屋を見回した。

四

行灯《あんどん》の明かりに魅かれて、油が燃える炎に飛び込んだ蛾が身を焦がす音が立った。

「いったい、大門はどこへ行ったかのう？」

文史郎はぐい飲み茶碗の濁り酒を飲みながら、爺の左衛門に訊くともなく訊いた。

「さあ。そのうち、腹を空かせたら、帰ってくるのではないですか？」

左衛門は割れた丼に辛うじて残っていた煮付けを箸で摘まみながら、そっけなく答えた。

「まさか、犬や猫でもあるまいし」

「あの方は、そういう人です」

「そうかのう。いま何刻か？」

「町木戸が閉まるころですから、夜四ツ（午後十時）ごろではないかと」

「もう、そんな時刻か」

文史郎は頭を振った。

黒装束たちの一団に襲われたあと、大門の長屋に駆けつけたが、部屋には大門の姿はなくもぬけの殻だった。

部屋の中は、いつになく乱雑に物が散らばっているような気がした。もしかして、あの黒装束たちが大門の部屋を荒らしていったのかもしれないが、もともと物が散らかし放題だったので、彼らが家捜ししていったとは限らない。

いったい、大門は、どこへ消えたのだろうか？

そもそも、長屋以外に、大門に行くところはあるのだろうか？　特に隠し女がいるわけでもなし、いったい、どこへ出かけたというのだろうか？

「殿、大丈夫ですよ。大門殿は、お金もない、すかんぴんなんですから」

ますよ。そんなに心配なさらずとも。そのうち、ひょっこりと戻って来
左衛門は文史郎と自分のぐい飲みに濁り酒を注ぎながら笑った。

「爺、あの黒装束たちは、いったい何者なのかのう？」

「確かに。あの侍たちは、大門殿を探しておったようですな。もしかして、どこかの家中《かちゅう》かもしれないですぞ」

「うむ」

文史郎は煮付けに箸を伸ばしながら、考え込んだ。

「大門め、わしらには何もいわなんだが、何か重大な秘密を隠しているのかもしれぬ

な」

「たとえば？」

「あいつが脱藩したとかいっておったが、そのとき、何か藩の重要な秘密を持って逃げたとか」

「なるほど。でも、大門殿が、そんな大それたことをするとは思えませんがねえ」

「爺、そういえば、大門のことで気づかなかったか？」

「なんのことです？」

「大川端に引き上げられた二人の死人を見たとき、大門の顔が青ざめたように思ったのだが」

「青ざめた？　気づきませんでしたな。大門殿は、あのようにいつも髯面ですから、顔色までは……」

「わしは大門が女の遺体を見て、眉をひそめたのを見ておった。さらに、あの侍の遺体を見た途端、大門は柳の木にもたれかかり、激しく吐いたではないか」

「ああ、そういえば、そうでした」

「変だと思わぬか？　大門は死体を見て、吐くような繊細なやつか？」

左衛門は唸りながら考え込んだ。

「確かに大門殿は二人の死体を見たあと、急に口をきかなくなりましたな。あのときは、ただ死体を見て気分が悪くなったのか、と思っておりましたが」

「大門は、あの殺された二人を知っていたのかもしれぬのう？」

「かもしれませんな。それで、驚きのあまり吐いた」

「死人の身許を知っているのなら、なぜ、あのとき、大門は役人たちに、そのことをいわなかったのだろうか？」

「たぶん、大門殿が、あの死体の身許を知っているというと、まずいことになったからではないですかね」

「まずい、というのはどういうことかの？」

「爺には分かりませんが、たとえば、大門殿か、どなたかの命が危なくなるとか」

「誰かに命を狙われるとかいうのか？」

文史郎は腕組みをし、また考え込んだ。

「もしかして、大門は、あの娘と侍を知っているだけでなく、二人の死に何か関係しているのではないかのう」

「どのような？」

左衛門は訝しげに訊いた。

「それは、それがしにも分からない。大門は、それで姿を消した。そう思うと辻褄《つじつま》が合う」

「……では、あの大門殿を探していた黒装束たちも、大川に上がった二人の死体と関係があるかもしれませんな」

「うむ。だから、心配しておるのだ。黒装束たちは、なぜ、大門を探していたのか。さらに、探すだけでなく、あの雰囲気からすると、大門の命を狙っていたとしか思えない」

「なるほど。そうもいえますすな」

左衛門ははたと膝を打った。

「そういえば、殿、大門は、以前からしきりに、自分を付け狙っているらしい、誰かに見張られているとこぼしてましたが」

「うむ。確かに、そういっておった」

文史郎は濁り酒を飲みながらうなずいた。

「大門殿がいっていたことは、存外気のせいではなかったのかもしれませんな。もしかして、あの黒装束たちが大門殿をつけ回していたのかもしれない」

「きっとあの黒装束たちは、それがしと爺のことも調べ上げたに違いない。だから、大門が長屋にいないと分かると、わしらの長屋に張り込んで、わしらの帰りを待ち受けたのではないか？」

「殿、めずらしく、今夜は頭が冴えておりまするな。爺も、殿のお考えと同じですぞ」

――どうも、最近、爺は余を軽んじているような気がするが、気のせいか？

文史郎は少し傷ついた気分になった。

「どうしました？　殿、浮かぬ顔をなさっておられるが」

「いや、なんでもない」

文史郎は気を取り直した。

「まず手がかりは、あの相対死を装って殺された二人だ。身許が分かれば、大門との結びつきが分かるかもしれない。明日、南町奉行所に寄って、小島啓伍に尋ねてみよう」

「そうでございますな」

「それから、爺、玉吉《たまきち》を呼び出してくれ。少し頼みたいことがある」

玉吉は、文史郎が松平家の部屋住みをしていたころから、文史郎に仕えていた小者だ。いまは日本橋で船頭をしている。

「分かりました。明日の朝、玉吉のところへ寄ってみます」

「雲隠れした大門は、どうするかだな」

「大丈夫です。大門殿は、明日から殿とそれがしが大野屋に詰めるのを御存知ですからね。ほんとうは、大門殿もいっしょに詰めることになっておったのですから」

「そうだったのか」

「大門殿のこと。きっとお金ほしさにのこのことやって来ますよ」

左衛門はしらっとした顔でいった。

――いわれてみれば、いつも金に困っている大門のことだ、爺のいう通り、きっと大野屋にのこのこと現れるだろう。

文史郎は濁り酒をぐいっと飲み干した。

五

文史郎が八丁堀近くの茶屋の店先で、縁台に腰をかけ、濃い番茶を啜っていると、やがて左衛門と連れ立った見回り同心の小島啓伍が姿を現した。

小島啓伍は文史郎を見ると、腰を低めて挨拶した。

「これはこれは。殿、朝早くからご苦労さまにございます」

「さっそくだが、昨日の二人の遺体、身許は分かったかね？」

「いえ、まだです。昨日の今日ですからね。忠助親分や末松らにあたらせているのですが、まだ分かっておりません」

「そうか。娘か侍のどちらかの身許が割れれば、事件解決の手がかりになるのだがのう」

　文史郎は溜め息混じりにいった。小島は怪訝な顔をした。

「しかし、殿、いくら殿が釣り糸で二人を釣り上げたとしても、どうして、そんなに事件に関心がおありなのですか？」

　文史郎は、大門が二人の遺体を見て顔色を変え、長屋から姿を消したこと、さらには大門を探し求める黒装束たちが長屋に現れたことなどを、すべて小島に話した。

「ほほう。それは興味深い話ですな。では、大門殿を見つけ出せば、ひょっとして事件の真相が分かるかもしれぬわけですな」

「そう、そうなのだ」

「分かりました。では、それがしも、大門殿の行方を探してみましょう」

「探す手蔓《てづる》はあるのかね？」

「江戸八百八町広しといえども、四方八方に五人組の目が張り巡らしてあります。根無し草の無宿人はごまんといますが、名主や差配人が、おおよその無宿人、浪人者の所在は把握してあります。裏店に見慣れぬ顔の浪人者が出入りしていたら、すぐに番所に届けがある。まして、あの鍾馗様の御顔なら、名前は知らずとも、誰しも一目で大門殿と分かる。下手をすると、死体で上がった娘と侍よりも、大門殿の方が先に居場所が割れるかもしれません」

「黒装束たちの正体は分かるかね」

「彼らが町人の町に潜んでいるならともかく、どこかの藩の武家屋敷に住んでいるとなると、我々町役人の管轄ではないので調べようもない」

「そうか。無理か」

「でも、目付の部下に、それがしの友人がおりますので、頼んで、それとなく調べてもらいましょう」

「うむ。よろしく頼む」

文史郎は小島に頭を下げた。

「ところで、もう一つ、聞きたいことがあってな」

「なんでしょう」

小島は熱い番茶を口に運んだ。

「大野屋という呉服屋のう。その大野屋に幽霊が出るという話は聞いてないか？」

「まだ春先だというのに、もう幽霊が出るというのですか？」

小島は訝った。

「幽霊のことはともあれ、大野屋の評判だ。商売はうまくいっているのか、裏で何か儲けていないか、おぬしたちの耳に入っていることがあったら、教えてほしいのだ」

「分かりました。大野屋といえば、一つだけ、それがしが調べたことがありますが」

「ほう。何かね？」

「昨年の秋のことでしたか。大野屋信兵衛《しんべえ》のお内儀さんのお由《よし》というのが鴨居に紐をかけて首を吊って死んだことがありましてね。一応不審の疑あり、というので大野屋を調べたことがあるんです」

「その不審の疑というのは？」

「目安箱《めやすばこ》に投書があったのです。お由は大野屋に殺された、という内容のものでして」

「で、調べた結果は？」

「大野屋信兵衛本人だけでなく、番頭たちにもあたったのですが、投書にあるような疑いはなく、詮議の結果はシロでした」

「そうか。シロか」

「だけど、一つだけ気になる話はありましたね。大した問題ではないのですが」

「何かね？」

「お内儀さんが自殺する数日前に、中番頭が一人、突然姿を消しているんです」

「ほう。何があったのだろう？」

「大野屋信兵衛によれば、商売上の失策をしたので、励ますつもりもあって、当人を激しく叱咤《しった》したせいではないか、というのですがね。それとお内儀さんの自殺は関係ないだろう、となって、それ以上は調べなかったのですが」

「そのお由さんは、なぜ自殺したか、その理由は分かったのかね？」

「死んだ理由は、心の病だったらしい、とだけで、何がきっかけだったのか、さっぱり分かりませんでしたな。ともあれ、他殺ではなく、自発的な自死だったということだけで、一件落着となったのです」

「ありがとう。参考になった」

「今度は、その大野屋に幽霊が出るというんで、剣客相談人が退治に乗り出すというわけですか？」

「そういうわけだ。しかし、あくまで内緒でというので、おぬしも、他言無用にしておいてくれ」

「分かり申した。他言無用にします」

小島はにやにや笑いながらうなずいた。

「その幽霊退治の話、落着したら、それがしにも参考のためにお聞かせ願いたいのですが」

「もちろんだ。楽しみにしておってくれ」

文史郎は左衛門に、行くか、といった。

文史郎は、左衛門が茶店の主人に小銭を払うのを見ながら、小島と肩を並べて、悠然と歩き出した。

六

呉服商大野屋の大店は、日本橋商店街の常盤橋《ときわばし》寄りにあった。

呉服店では駿河町の三井《みつい》呉服店が最大で、かつ大繁盛しているが、大野屋は三井呉服店に比べれば、だいぶ店構えも小さいものの、あとから起業した割りには繁盛している方だった。

とりわけ、ここ数年の大野屋は商売が上手で、絹織物だけでなく、木綿織物といった太物も扱うようになり、周囲の弱小太物店を何店舗か吸収併合し、呉服太物屋として、めきめきと頭角を現している。

店の規模も、三井呉服店ほどではないにせよ、いまや越後屋や坂井屋、清藤などの同業者を凌ぐほど繁盛していた。

文史郎と左衛門は、呉服屋清藤の権兵衛に案内され、大野屋の敷居をまたいで、店の土間に入った。

「いらっしゃいませ」

店先の番頭、手代、丁稚《でっち》がいっせいに声を上げ、頭を下げた。全員縞の着物に、大野屋と染め抜かれた紺の前掛けを付けている。

店に入ってすぐの座敷に腰を掛けた武家の奥方や、艶やかな町人の娘が、番頭や手代の応対を受けている。

大番頭らしい男が目敏《めざと》く、権兵衛に気づき、丁稚を奥に走らせると、文史郎たちに座敷に上がるよう促した。

文史郎たちが草履を脱いで、座敷に上がる間も置かず、奥から主人然とした小太りで小柄な男が現れて、商人らしい如才ない挨拶をし、大野屋信兵衛と名乗った。

「さあ、どうぞ、奥へ」

文史郎たちは、大野屋信兵衛自らに案内され、広い廊下の奥へ歩を進めた。

幅の広い廊下の床板はよく行き届いた掃除がなされていて塵一つない。ぴかぴかに磨かれた廊下は、行灯の明かりを反射するほど光沢がある。足袋を履いた足でうかつに歩くと、滑ってしまいそうだった。

文史郎たちが案内された先は、奥の渡り廊下を通り、別棟になった離れの一室だった。

日ごろは茶室にでも使われているのだろうか、十坪ほどの庭に面していて、近くに釣瓶《つるべ》井戸もある。

築山《つきやま》を背にした小さな池もある。かけいの水音があたりに響いていた。

――風流だのう。賑やかな日本橋の商店街の一角に、こんな静かな場所があるとは。

文史郎はゆったりとした気分になり、床の間を背にした上座にどっかりと座った。

左右に左衛門と権兵衛が座る。

大野屋信兵衛は文史郎と向き合う形で座った。

「というわけで、信兵衛殿、長屋の殿様こと、剣客相談人の大館文史郎様をご紹介いたしましょうぞ」

　権兵衛はあらたまった口調でいった。

「お初にお目にかかります」

　信兵衛は芝居がかった態度で平伏した。

「私《わたくし》めが、当大野屋の主人、信兵衛にございます。どうぞ、よろしうお願いいたします」

　信兵衛は狸のような丸い顔をしている上に、小太りで軀も丸く、座るとまるで腹の出た古狸のようであった。

「ううむ。大儀じゃ。苦しうない。楽にいたせ」

　文史郎もつい、そう応えてしまった。左衛門が呆れた顔で文史郎を見ていた。

　――いいではないか。爺、たまには殿様気分もいいものだぞ。

　女中が静々と茶碗をのせた盆を捧げ持って部屋へ入って来た。文史郎たちの前に座り、茶托にのせた湯飲み茶碗を置いた。

　信兵衛は女中に、小声で何事かを指示した。女中は「はい」とうなずき、文史郎たちに一礼して部屋を出て行った。

「はてさて、本日は、剣客相談人様におかれましては、私どものとんでもないお願いをお引き受けくださり、まことに恐縮しております。ほんとうにありがとうございます」

信兵衛は前口上を述べはじめたので、文史郎は手で遮った。

「まあ、堅苦しい挨拶は、そのくらいにしてくれぬか。早速だが、幽霊の話を聞こう。いったい、いつ、どこで、その幽霊は出てくるというのか、まずその話から聞きたい」

信兵衛はぶるぶると身震いをした。

「私の場合は、ほんの数日前のことでした。夜中に胸が苦しくなって、目を覚ましたら、誰かが私にのしかかっていたのです。私は、出たと思って声を張り上げようとしたら、金縛りにあって、手足が動かない。そのうち、のしかかっていた人影が外からの月明りに、ちらりと浮かび上がったのです。それを見たら……」

信兵衛はおこりのように軀を震わせた。

左衛門が訊いた。

「それを見たら、なんだったのです？」

「髪を振り乱した、真っ白な顔の女だったのです。真赤な口が耳まで裂けたような形相で、私の首を絞めようとしていたのです」

信兵衛は狸面を歪めた。

文史郎は左衛門と顔を見合わせた。

「それで、どうなされた？」

「もう、夢中で女を突き飛ばし、部屋から飛び出して、二階に駆け上がり、番頭や手代たちを起こしたのです。それで、幽霊はほんとだと思ったのです」

「ほう。それまでは幽霊が出るとは信じられなかったのですな？」

「はい。番頭や手代たちが臆病で、何かを見違えて、幽霊だと思ったとばかり考えていたのです」

信兵衛は鼻紙を取り出し、鼻をちんと音を立ててかんだ。

「なるほど。では、ほかの人は？」

「私以外に何人も奉公人の者たちが見ています。幽霊を実際に自分の目で見た者を呼んでありますので、その者たちから、直接お聞きください」

「ごめんください」

ほどなく、恰幅のいい、大柄な大番頭に連れられた小柄、中位の背格好の男たちが廊下に静々と現れた。みな揃いの縞の着物を着込んでいる。さすがに、店名が入った紺の前掛けははずしていた。

「ああ、大番頭さん、忙しいところ、ご苦労さん、そこへ並んで座っておくれ」

信兵衛は番頭たちに指図したあと、文史郎に向き直った。

「紹介しましょう。これが大番頭の藤吉《とうきち》。私の代貸しのようなものですな」

「へえ。あたしが大番頭の藤吉でございます。どうぞ、お見知り置きくださいませ」

のっそりとした藤吉は鋭い上目遣いの目で、文史郎や左衛門をさぐるように見た。

「わたしは中番頭の吉助《よしすけ》にございます」

小柄な番頭がなおも背中を丸めるようにして正座した。

「小番頭の留吉《とめきち》にございます」

中肉中背の男が吉助の隣に座り、ちょこんと頭を下げた。

三人目の熊のような大柄な男は留吉の後ろにのっそりと座ろうとしたが、留吉に叱られ、おずおずと前に出て横に並んで座った。

「梅吉《うめきち》、ご挨拶ご挨拶」

「へえ。手代の梅吉でやんす」

梅吉は額の汗を手で拭いながら、留吉に促され、慌てて平伏した。

「さ、梅吉たち、あんたたちが見たことを、剣客相談人様に包み隠さず、申し上げなさい。わしに遠慮することはないからね」

吉助、留吉、梅吉は、互いに見合い、もじもじしている。

「そう硬くならんで、よいぞ。一人ずつ順番に、ざっくばらんに話してくれぬかのう」

文史郎はにやっと笑い、相手の警戒心を解かせた。

「で、まず、大番頭も幽霊を見たんだね」

文史郎は尋ねた。大番頭の藤吉は、ゆっくりと頭を振った。

「いいえ、あたしは見ていないんです。だから、いまいちまだ信じられないのですが」

文史郎は左衛門や権兵衛と顔を見合わせた。

「ほう。大番頭は見ていないのかい？」

「へえ。旦那様が、夜中に飛び起きて、『出たあ』と叫びながら、二階へ上がってきたときは、ぞっとしましたが、そのときも見なかったのです」

「では、ほかの番頭さんたちは？」

「へえ。じゃあ、まずわたしから」

中番頭の吉助が、決心したらしく、膝を進めた。

「わたしが見たのは一月ほど前の夜でして、子《ね》の刻（午前零時）でしたかねえ。その日は泊まりで、店の二階の部屋に寝ていたのですが、なぜか寝つかれずに悶々としていたところ、階下できゃっという丁稚か誰かの悲鳴が聞こえたんでございます」

吉助はなんだろうと思い、こんな夜更けに起きているやつがいる、とどてらを羽織り、急いで階段を下りたら、暗い廊下に丁稚が一人腰を抜かして倒れていた。

どうした、と吉助が声をかけたら、丁稚は「あわわわ」と廊下の先の暗がりを指差していた。吉助がそちらを見たら、なんと、白い着物を着た女がひっそりと立っていた。

吉助もそれを見て、金縛りにあったようになり、声を上げることもできずに、丁稚と抱き合ったまま、見ていた。

「それから、すーっと煙が消えるように、女は姿を消したのです」

吉助は声を低めて真に迫った言い方をしたので、小番頭の留吉も手代の梅吉も震え上がった。

権兵衛は真剣な面持ちをして聞いていた。

その顔つきから、躯が硬直しているのだろう、と文史郎は思った。

左衛門は信じられないという顔で、小首を傾げていた。文史郎は吉助に訊いた。

「その廊下というのは？」

「この離れに来る渡り廊下の手前です。突き当たりに竹の手摺《てすり》があって、左に折れれば、この離れに来る渡り廊下、右手に折れれば、すぐに仏間と旦那様の寝所となり、廊下を挟んだ、その向かい側はお嬢様のお部屋と婆やの部屋が並んでいる」

文史郎は左衛門に目で合図をした。左衛門は膝行《しっこう》するようにして、障子戸に近寄り、さっと障子戸を開けた。

左手に渡り廊下が、正面に庭が見える。庭から渡り廊下へ上がるのは造作もない。

渡り廊下の左側、つまり庭と反対側は、鬱蒼とした竹林が繁っており、竹林の奥には、一間半（約二・七メートル）ほどの高さの竹柵が張り巡らしてあり、人の行き来ができないようになっている。

竹柵の頭越しに土蔵の瓦屋根の一部が見えた。その裏は倉庫群になっており、竹柵や竹林が目隠しになっていた。

「留吉、おまえは、どうだったかな？」

主人の信兵衛が促した。

「へえ。あたしも、ほんの半月ほど前ですかね。夜中に厠《かわや》に行ったのですが、出ました」

「どこに幽霊は出たのだい？」

「店の裏口、台所から出た先にある厠の前です」

留吉は身震いした。

「どんな幽霊だった？」

「やはり、女でして、まあ、色白の顔の、で旦那様がいっていたように、口が耳まで裂けていましたな。こう両手を延ばして」

留吉は両手をだらりと垂れ下げて、

「恨めしやあ〜って」

権兵衛は身震いをして、文史郎の陰に隠れようとした。

留吉は続けた。

「それであたしは、駆け戻り、手代や丁稚たちを呼んで台所に駆けつけた。そうしたら、誰もいない。それ以来、夜中に厠へ立つ者は誰もいなくなったんです」

「ふううむ」

文史郎は黙って頭を垂れている手代の梅吉に訊いた。

「で、梅吉、おぬしも見たのだな？」

「へえ」

「いつ？」

「つい、二三日前にです」

「どこで見たのだい？」

「誰もいないはずのこの離れで障子戸に、ぼんやりと行灯の火が点いて。廊下には火の玉がゆらゆらとちらつき、白い着物を着た女の人が離れに入っていったんです」

文史郎は思わず腰を浮かせた。左衛門と顔を見合わせながら、部屋の中を見回した。

「ここに幽霊が入ったというのか？」

「へえ」

「信兵衛、この離れは普段は人が使っていないのか？」

「はい。特別なお客様をお迎えしたときとか、お得意様とお茶会を開くとかに使うので、普段は閉めてありますな」

「ふううむ」

文史郎は考え込んだ。左衛門が首を傾げながら尋ねた。

「信兵衛殿、権兵衛殿の話では、幽霊が出ると、奉公人が一人減り、二人減りしている、と聞いたが」

「はい。そうだね、大番頭さん」

「へえ。最初に幽霊を見て腰を抜かした丁稚の丑松《うしまつ》は、翌日、店を無断で辞めて、実家へ帰ってしまいましたかな」

「ほかには？」

小番頭の留吉が手を上げた。

「幽霊を見たあと、手代が一人、大川へ身を投げて死にました。もっとも、この手代は女に振られたせいでもあるんですがね」

中番頭の吉助が渋い顔でいった。

「ほかにも、幽霊を恐がって、手代が二人、丁稚が三人、店を辞めて出て行きましたな」

「そんなに」

文史郎は顎をしゃくった。

「信兵衛殿、どうして幽霊が出ることになったのでしょうな？」

「それが分かれば」

「噂に聞いたのですが、去年、お内儀のお由さんが鴨居に首を吊って死んだと聞きましたが」

「どうして、それをご存知で？」

信兵衛は顔色を変えた。大番頭の藤吉が脇からいった。

「旦那様、だから、いったではありませぬか。もしかして、お由さんの祟りではないかと」

「そんな莫迦《ばか》な。そんな莫迦な。ちゃんとお由の供養はしてある。なのに、出るなんて」

信兵衛は身震いして、両手を合わせて念仏を唱えた。その手首には数珠が巻いてあった。

文史郎は左衛門や権兵衛と顔を見合わせた。

七

口入れ屋の権兵衛は、あとはお願いしますよ、と逃げるように帰って行った。

主人の信兵衛も、店の仕事をほったらかしているわけにもいかず、大番頭たちといっしょに店に戻って行った。

あとに残された文史郎と左衛門は、顔を見合わせた。

「爺、どう思ったか？」

「殿、どう思うと訊かれましても、困ります。殿こそ、いかがお思いになられました？」

「どうも解《げ》せぬ」

「と申されますと？」

「亡くなったお内儀のお由の話をしたら、信兵衛が怯《おび》えて震えておったな。大番頭の藤吉が、お由さんの祟りだといったときの信兵衛の怯えようはなかった」

「確かに」

「しかし、だ。もし、お由さんが幽霊となって出たのなら、信兵衛はお由さんの幽霊だと気づくはずではないか？　だが、信兵衛は女の幽霊だとはいったが、お由さんの幽霊だったとはいわなかった」

「なるほど、殿、よく察しましたな。幽霊はお由さんではない、というのですな。では、いったい……？」

「しっ……」

文史郎は渡り廊下に人の気配を感じた。誰かが離れを窺っている。

文史郎は左衛門に目配せした。左衛門は素早く動き、廊下に出ると大声できいた。

「そこに誰かおるのか」

渡り廊下が始まる付近の暗がりから、女がおずおずと現れた。小太りの年増《としま》女だった。

「あのう。剣客相談人とおっしゃるのは、あなた様たちでございますか」

「いかにも」

左衛門は小太りの年増女以外に、人が潜んでいないのを確かめた。

「もしや、幽霊のことをお調べに？」

文史郎は女の警戒心を解《と》こうとして微笑んだ。

「御女中、そんなところにおらず、もそっと近くへお出でなされ」

「まあ、御女中だなんて、こんな年寄りを」

年増女は恥ずかしそうに笑い、小太りの軀をくねらせるようにして離れに入り、出入り口近くに座った。

「はじめまして。わたしはお嬢様の乳母《うば》をしています福《ふく》と申します」

名前の通り、お福はふっくらした丸顔の乳母だった。

「お母様のお由様亡きあとは、わたしがお嬢様の母親代わりをしています」

「そうか。お福と申すか。ところで、そのお嬢様というのは？」

「お由比《ゆい》様です。大野屋信兵衛さんと奥様のお由さんの間に生まれた一人娘です」

「で、そのお由比は、いま、どこに？」

「奥の寝所に伏せています」

文史郎は訝った。

「伏せっている？　病気かの？」

「母親のお由さんが亡くなって悲しみのあまり、床に伏せておるのです」

「いくつになるか？」

「数え十八になりましょう」

数え十八歳といえば、満十七歳。嫁入りしてもいい年齢だった。

「娘盛りではないか。母を失って、その悲しみのあまり床に伏せっているとはのう。それは気の毒にのう」

文史郎は頭を振った。お福はあらためて正座をしなおした。

「剣客相談人様に、折り入って、お願いがあります」

「ほう。何かな？」

お福はしきりに渡り廊下の方から誰か来ないか気にしている様子だった。

文史郎は左衛門に目配せした。左衛門はうなずき、渡り廊下側の障子戸を閉めた。

左衛門は障子戸の傍らに座った。

「大丈夫だ。誰もいない」

女はほっとした顔をし、声をひそめた。

「ぜひ、奥様が亡くなったことについて、お調べ願えませんでしょうか」

文史郎は左衛門と顔を見合わせた。

「ほう、なぜかな？」

「実は奥様は首吊り自殺したように見せかけて、殺されたのです」

「殺された？　誰に？」

「おそらく旦那様か、その手の者に」

「おいおい、穏やかではない話だな。もしや、目安箱に投書をしたのは、おぬしではないのか？」

「そんな投書があったのですか？」

お福はきょとんとした顔でいった。文史郎は、その顔の様子から嘘ではない、と思った。

「しかし、どうして、主人の信兵衛か、その手の者が殺《や》ったというのだ？」

「そもそも、奥様にはまったく死ぬ理由がありませなんだ。奥様がお嬢様を遺《のこ》して、一人先に死ぬなんてとんでもないことです」

「しかし、奉行所の役人が検分したところ、お由さんの死には不審の疑なし、としておったが」

「それはお役人様のお調べが甘かったのです。実は奥様は殺されなかったら、お由比様を連れて、鎌倉の縁切り寺に駆け込むつもりでした」

「なんだって？　駆け込み寺へ行こうとしていた？」

「はい。わたしも奥様にお供して、お由比様とごいっしょしようとしていたのです。ですから、そんな奥様が、突然に世をはかなんで首吊り自殺なさるとは思えないのです」

左衛門は唸った。

「殿、それがほんとうだったなら、確かにおかしいですな」

文史郎は訝った。

「お福、おぬしを信用しないわけではないのだが、お由さんが駆け込み寺に行こうとしていたのを知っているのは、おぬしのほかに誰がいる？」

「わたし以外には、お由比様、それと女中のお咲《さ》きです」

文史郎は左衛門と顔を見合わせた。

「そのお咲きという女中は、なぜ、そんな秘密を知っていた？」

「奥様が実の娘のように可愛がっていた女中です。いまは、お嬢様の身の周りの世話をしておりますが」

文史郎は首を傾げた。

「ところで、なぜ、お由さんは縁切り寺に駆け込もうとしていたのだ？」

「それは旦那様が悪いのです。旦那様は本所に若い妾《めかけ》を囲っておられたのです。しかも、子供まで生ませていた。それを知った奥様はひどくお怒りになった。自分を取るか、お妾さんを取るか、どちらかにしてと、旦那様に迫っていたのです」

「それで、信兵衛はなんと答えたのだ？」

「旦那様は、のらりくらりと言い逃れして、はっきりと答えなかったのです。そこで、奥様は、はっきりしないなら、離縁してくれと旦那様に申し入れた。旦那様はお困りになり、お妾さんとは縁を切るから、と奥様を宥《なだ》めたのですが、その後もあいかわらず、内緒でお妾さんの許に通っていたのです」

「困った男だな」

文史郎は左衛門を見た。左衛門は文史郎をじろりと見返した。

(殿、そんなことをいえる立場ですか)

左衛門の目は、そう語っていた。文史郎は左衛門の非難のまなざしを無視してお福に向いた。

「それだけで縁切り寺へ駆け込もうというのは、少々やりすぎではなかったかのう」

「それだけではないんです。旦那様は、お妾さんに生ませた子が、男の子だったので、いずれ、その子を大野屋の後継ぎにと番頭たちに洩らしていたのです。それを番頭から聞いた奥様は、自分から縁を切ろうと縁切り寺へ駆け込もうとなさっておられたのです」

「そうか。後継ぎ問題も絡んでおったのか。それは揉めるだろうな」

左衛門が文史郎に代わっていった。

「そこまで夫婦仲がこじれてしまったら、仕方ないですなあ。信兵衛も妾と本妻の間を往復するようなみっともないことをせず、どちらかに決め、さっさと本妻を離縁するなり、妾と別れればよかったのではないか？」

「それが旦那様は、そんなことをいえるお立場ではないのです。旦那様は大野屋の元番頭で、先代に気に入られて、一人娘の婿養子になった身なのです」

文史郎は左衛門と顔を見合わせた。

文史郎は那須川藩の若月家の後継ぎをめぐる御家騒動を思い出し、内心忸怩《じくじ》たる思いだった。

「ほほう。商家でも、そんなことがあるのだのう」

「殿、信兵衛殿は、殿とお立場がそっくり同じではないですか」

文史郎はむっとして左衛門を睨んだ。左衛門は首をすくめた。

お福は文史郎の心境も知らずにいった。

「旦那様としては、もし先代の大野屋の娘から離縁されたら、一応大野屋の暖簾を嗣いだ者としての立場は変わらないものの、世間からは、旦那様が先代の娘を追い出して、大野屋の大店を乗っ取ったと思われるでしょう。だから、旦那様は奥様の離縁の決心を誰からか聞かされ、仰天《ぎょうてん》なさったと思います」

「なるほど」

「もし、奥様が出奔《しゅっぽん》し、旦那様に離縁状を叩き付けたら、先代の大野屋信兵衛のころから働いている番頭さんたちは旦那様を信頼しなくなり、ご贔屓《ひいき》にしていただいていたお得意様たちも、みんな大野屋から離れていくことでしょう」

「番頭さんが店の主人を信頼しなくなると、どうなるのかね」

「店が繁盛するかしないかは、そこで働く番頭さん次第なのです。お客は番頭さんとの付き合いを深めながら買い物をする。その番頭さんたちが主人である旦那様にそっぽを向いてしまっては、お得意さんもつかなくなり、商売繁盛は望むべくもないのです」

「昔からのお得意さんというのは、どういう人たちなのだ？」

「幕府大奥の方々、それから、大藩の奥方様、各藩江戸屋敷のお留守居役、本所や深川、日本橋界隈のご婦人方です。商いは人と人の付き合い、信頼関係が大事ですからね。信用しない人から物を買うはずがない。特に女は番頭さん次第ですからね。気に入った番頭さんがいれば、足繁く通い、あまり必要もない反物でも、つい買ってしまうもんですから」

「なるほどのう。確かに呉服屋に出入りしているのは女たちが多い。そうか、番頭さん目当てに通う女もおるのか」

「そうですよ。特に、大奥の御殿女中などは、お殿様以外には、いい男と会う機会がありませんからね、買い物を口実にお出でになっては、お気に入りの番頭さんを呼んで話をするのが楽しみなんです。だから、どこの店も、男前の番頭さんをそろえておくのです。女はねえ、買い物するときぐらい、あまり話すこともない男の番頭さんと、あれこれ世間話をしたり、ちやほやされたりして、日ごろのうっぷんを晴らすのです。分かります？　そんな女の気持ち」

「ふむふむ」

　文史郎はお福の冗舌に圧倒された。

　お福は訊かれないことでも、自ら進んで喋った。

お福も話が余計な方向にずれたのに気づいたのか、また話を戻した。

「そもそも、うちの店の場合、番頭さんたちが、旦那様派と奥様派に分かれているのが問題なのです」

「なるほど」

「先代の信兵衛様に仕えてきた遣《や》り手の古い番頭さんらは、先代の一人娘だった奥様を慕って仕えて来た。だから、その奥様を離縁した旦那様にはそっぽを向くことになるでしょう。そうした番頭さんたちは旦那様から離れ、よその店に移っていくでしょうよ。番頭さんについたお得意様もごっそり引き連れてね」

「ほほう。それは困るだろうな。その先代の大野屋信兵衛のころから仕えた番頭たちというのは、いったい誰のことなのかな？」

「中番頭の卯吉《うきち》さんでしょうね。ほかには小番頭の臼吉《うすきち》、手代の米吉《よねきち》といったところですかね。もし卯吉さんがお店に残っていたら、奥様が殺されるなんてことはなかったでしょうに」

「卯吉が残っていたら？　いまは卯吉は店にいないのか？」

「はい。奥様が亡くなる数日前に、旦那様に辞めさせられたのです」

「どうして？」

「旦那様によると、卯吉は店の金を遣い込んでいたというんです。それで店を辞めさせられた。ひどい話ではありませんか。卯吉さんは真面目で誠実なお人でした」

「どのくらい遣い込んだというのかの？」

「帳簿上、五百両ほどとのことでした。でも、卯吉さんは、店の金を遣い込むような人ではないのです」

「ふうむ」文史郎は顎を撫でた。

「卯吉さんは奥様が最も信頼していた番頭でした。実はね」

お福はあたりを窺い、声をひそめた。

「わたしも奥様も卯吉さんはきっと旦那様派の番頭にはめられたのだ、と話していたのです」

文史郎は左衛門と顔を見合わせた。左衛門はいった。

「同心の小島がいっていた辞めさせられた番頭というのは、卯吉のことだったのですね」

「うむ。おそらくそうだろう」

文史郎はお福に向いた。

「いま奥様派の番頭は、誰なのかな？」

「小番頭の臼吉と、手代数人ほどとなりましょうか。いまは旦那様派の天下です」

文史郎は顎をしゃくった。

「では、旦那様派の番頭というのは？」

「大番頭の藤吉を頭にして、中番頭の吉助、小番頭の留吉たちです」

——なんだ、さっきまでいた番頭たちではないか。

文史郎は、藤吉、吉助、留吉といった面々を思い浮かべた。いずれも、いま思い出せば、一癖も二癖もありそうな連中だった。

「話を戻そう。それで、お由さんは旦那か、あるいは旦那派の番頭に殺されたというのだな？」

「そうなんです。ですから、剣客相談人様、ぜひとも、奥様が殺された真相を暴いてほしいのです」

文史郎は左衛門と顔を見合わせた。

渡り廊下の方に人の歩く足音がした。

お福は急いで立ち上がった。

店の方から信兵衛の姿が現れた。

「ああ、お福、そこで何をしておる？」

廊下を歩いて来た信兵衛は声を荒げた。

「お客様に粗茶を差し上げようかと」

「そんなことは、女中のお為《ため》にやらせればいい」

信兵衛は不機嫌な声を立てた。

「お為は台所におりませんでしたので。では、相談人様、失礼いたします」

お福は慌てて引き揚げて行った。信兵衛は苦々しくいった。

「お福は、何か、私の悪口をいうておりませんでしたか？」

「いやいや」

「おしゃべりな女だから」

信兵衛はお福の立ち去ったあとを振り返っていた。

——確かに、よう喋る女だったなあ。

文史郎はお福の冗舌から逃れて、ほっと一息ついた。

八

「なに、娘のお由比に一目でいいから会いたいとおっしゃるのですか？」

信兵衛は不審な目つきになった。文史郎は慌てていった。

「いや、なに、おぬしの娘御《むすめご》を、どうにかしようというのではないぞ。あくまで幽霊退治を考えてのことだ」

左衛門は、どうだか、という顔をしていた。

文史郎は無視していった。

「もしや、娘さんも、幽霊を見ているのではないか、と思うてな」

「はい。確かに。娘も見たようなことをいっていましたな。分かりました。娘を呼んできましょう」

「病気で伏せっているのではないのかね？」

「大丈夫です。お咲き、お咲きはいないか。いたら離れに来ておくれ」

信兵衛は渡り廊下の方へ顔を向け、大声でお咲きを呼んだ。

「はーい。ただいま」

奥の方から奇麗な声の返事があった。まもなく若い女中がそそくさと現れた。

瓜実顔《うりざね》の艶《なまめ》かしくも美しい女だった。歳は二十歳か、その前後だ、と文史郎は推理した。

信兵衛は廊下に座った女にいった。

「お咲き、悪いが娘を起こし、離れに連れて来てくれぬか。相談人様が娘のお由比に会って事情を聞きたいといっておられる」

文史郎は信兵衛を手で遮った。

「その前に、お咲きとやら、おぬしは、幽霊を見たかね」

「いえ。私は見ておりませぬ。いつもぐっすり寝込んでしまい、気がつけば朝なのです」

「ふむ。それはいい。いたって健康だのう」

お咲きは袖を口元にあてて笑った。

――気に入った。この女は可愛ゆいし、話をしていても楽しい。

文史郎はほっとした。お福から、あまり暗い話を聞いていたせいもある。

「殿……」

左衛門が鼻の下を擦りながら、目で文史郎に注意をした。

分かっておる、と文史郎は目配せした。

「では、お嬢様をお連れします」

お咲きは立ち上がり、急ぎ足で奥に消えた。

「信兵衛殿、ところで、お由比さんの病だが、どんな具合なのだ？　医者はなんといっておるのか？」

「医者もさっぱり分からなくて。お由比は食欲はないし、ただ塞ぎ込んでいるだけ。何を訊いても、返事もしない。医者は、母親が自殺したのが、よほど衝撃だったのだろう、と。気の病だから、しばらくそっとしておくように、といって、引き揚げて行きました」

しばらくすると、お咲きに手を預けた娘が奥から廊下に現れた。静々と歩いて来る。お咲きとお由比は離れに入り、文史郎の前に座った。三つ指をついて、挨拶をした。

「こちらのお嬢様が、お由比様です」

「…………」

お由比は黙ったまま、頭を下げた。お由比は俯《うつむ》いたまま、文史郎を見ようともしなかった。

文史郎はお由比の顔を一目見て、美形だと思った。

目鼻立ちは、きちんと整い、口には薄い紅が差してある。広い富士額は知的な雰囲気を放っていた。哀しそうに伏せた目は切れ長で、黒目がちだった。

軀はいかにも華奢《きやしや》だったが、それがか弱い女らしさを感じさせる。

「さあ、お由比、こちらが剣客相談人様ですよ。おまえに、お聞きしたいことがあるそうだ。ちゃんとお答えするのですよ」

信兵衛は横から優しく声をかけた。お由比は信兵衛の方を見もせず、小さくうなずくだけだった。

「お由比さんは、幽霊を見たかね？」

文史郎は優しく尋ねた。

お由比はかすかに首を横に振った。

「幽霊が出るという話は、聞いているね」

お由比はこっくりとうなずいた。

「誰の幽霊だと思う？」

文史郎はちらりと流し目で信兵衛を見た。信兵衛は顔をしかめていた。

お由比は何も答えない。文史郎は重ねて訊いた。

「亡くなられたお母様の幽霊ではないかね？」

文史郎の言葉に、信兵衛は貧乏揺すりを始めた。お由比は、と見たが、なんの反応もなかった。

「文史郎様、娘はまともに話ができないような気の病なんです。これで、お分かりでしょう？」

文史郎は信兵衛には答えず、お由比に向いて話しかけた。

「お由比、おぬし、もしや、そうやって、誰かを庇《かば》っておらぬか？」

お由比の軀がかすかにぴくりと動いた。お由比は目だけを動かし、ちらっと文史郎を見た。

だが、それもほんの一瞬のことで、文史郎だけが気づいたことだった。お由比の顔はまた能面のような表情のない顔に戻っていた。

信兵衛は怪訝な顔で訊いた。

「相談人様、誰かを庇うとは、どういうことですか？」

「いや、お由比を見ていると、なんとなく、そんな感じがしたから訊いてみただけだ。あまり気にするな」

文史郎は笑いながらいった。

「お由比、いったい、どうなんだ？　誰かを庇っているのかい？　相談人様に、ちゃんと答えなさい」

お由比は無表情なまま何も答えなかった。

信兵衛は業を煮やして、お咲きにいった。

「お咲き、お由比を部屋へ戻しなさい。黙ったきりでは、相談人様に失礼だろう。まったく聞き分けのない娘だ」

　お咲きがうなずき、お由比の手を取った。

「さあ、お部屋へ帰りましょう」

　お咲きは、お由比を促した。お由比はお咲きの手に導かれ、のろのろと立ち上がった。

　お由比は表情のない顔で、文史郎に一礼した。そのまま、お咲きに手を預けて、廊下に戻って行った。

「まったく、仕方のない娘だ。申し訳ありません」

　信兵衛は文史郎と左衛門に謝っていた。

九

　文史郎と左衛門は、その夜から、離れの部屋に泊まり掛けで、大野屋に詰めることになった。

　食事から戻ると、離れの部屋には、二組の蒲団が敷かれていた。ふかふかの上等な蒲団だった。

文史郎は、さっそく蒲団に寝転がって、幽霊が現れるのを待つことにした。

行灯の灯を消すと、障子戸が月の光に照らされて白く浮かび上がっていた。離れの部屋の中もほんのりと明るくなっている。

「爺、ちょっと外の様子が見たい」

「はいはい」

左衛門が障子戸を開けると、庭が月明りに薄ぼんやりと浮かび上がった。木々の葉陰は暗く、よく物が見えないが、月明りに照らされた木立ちや池ははっきりと見える。

「殿、今夜は、おぼろ月夜ですぞ」

左衛門が空を見上げていった。

「お、爺も、時に風流なことをいうものだな」

文史郎は蒲団から身を起こした。掃き出し窓の濡れ縁に出て、空にかかった月を見上げた。十六夜《いざよい》を過ぎたばかりの月に、かすかに雲がかかっていた。

春先なので、まだ外は肌寒い。

「これでは、明るすぎて、幽霊も出られないのではないかのう」

「長い夜になりそうですな」

左衛門は手焙り火鉢の傍らで、キセルを銜《くわ》え、莨《たばこ》を吸っていた。

「爺、おぬし、あの娘の様子、なんと見た？」

「やはり気の病かと」

「以前、松平家の家中の娘に、あれとよく似たような症状の娘がいたのを思い出してな」

「ははあ、どなたでしたか？」

「ほれ、家老の佐々木《ささき》の娘で静香《しずか》という」

「ああ、おりましたな。で、どんな症状でしたか？」

「急に無口になり、飯も喉元を通らない。塞ぎ込んで、いくら周囲の者が問いかけても、何もいわない。医者に診てもらったが、別に悪いところはない。それで、よくよく調べたところ、なんと恋患いだった」

「ほう」

「好きな男ができたが、親には何もいえず、一人くよくよ悩んでいた。あの静香を思い出したのだ」

「それで、殿は誰かを庇っておらぬか、と問い質したのですな。でも、なぜ、そう尋ねたのですかな」

　文史郎は笑った。

「実は、男が夜な夜な、静香の許に通っていた。そのことが親の佐々木に知られたら、佐々木はきっと激怒して、男を斬り殺していただろう。それで、静香は恋する男を庇って、悶々としていたのだ」

「それで、お由比さんも、恋患いしているのではないか、というわけですか」

「うむ。そうではないかのう」

「それと幽霊とは、どういう関係があるのですか？」

「それは分からない。ただ、ふと、お由比が恋患いなのではないか、と思っただけで、それ以上は何も考えておらぬのでな」

文史郎はおぼろ月を見上げながらいった。

「よしんば、恋患いでないとしても、あの様子から考えて、お由比はきっと誰かを慕っておるな」

文史郎はふと、右手の塀の上に何か影のような物が動くのを見逃さなかった。すわ幽霊が現れたか？

「…………」

左衛門も気づいたらしく、緊張した面持ちで塀の上を睨んでいる。

薄暗がりに目を凝らしていると、しばらくして、屋根の方角から猫の鳴き交わす声が聞こえた。

　雌猫を巡り、さかりがついた猫たちが鳴き交わす威嚇の声だった。

　左衛門が胸を撫で下ろした。

「なんだ、猫でしたか」

「猫も、人と同じように、春を迎えておるのだのう」

　文史郎は苦笑いした。

十

　文史郎と左衛門は、それから三日三晩というもの、夜も寝ないで離れに詰めていたが、幽霊は一向に出る気配がなかった。

　昼間は、朝と晩、出される食事をしっかり食べて、十分に昼寝をし、夜の不寝番に備える。

　それを三晩もやっていると、さすがに緊張感がなくなり、飽きが来る。何もしなくても、一日さえ経てば、一人二分、しめて二人で一両が支給されるのだから、こんな楽な仕事はない。

――それにしても……。

と、文史郎はなんとなく申し訳ないように思うのだった。

「殿、お気に召されるな。少々退屈なのも仕事のうちでござるぞ」

左衛門は割り切っている。

「それに大野屋信兵衛は、剣客相談人が離れで不寝番してくれているだけで心強い。奉公人たちも枕を高くして寝られる。それだけでもありがたい、と満足しておられるのですからな」

「そんなものかのう?」

「そんなものです」

文史郎は畳に寝転がり、差し込んでくる暖かい陽射しを浴びながら、また押し寄せてくる睡魔に身を委ね、うつらうつらしていた。

そのうち、文史郎は本格的に眠りこけてしまっていた。

「文史郎様、文史郎様」

懐かしい如月《きさらぎ》の声が聞こえた。如月は優しく、文史郎の軀を揺すった。

文史郎は花の匂いを嗅ぎながら目を開いた。愛しい如月の顔が間近にあった。

「おう、如月ではないか。いったい、どうしたというのだ?」

文史郎は如月に手を伸ばし、思わず抱き締めようとした。

「あ、いけませぬ。……おやめくださいませ」

如月は文史郎の腕を強く払った。

「如月、いいではないか」

「私は如月ではありませぬ」

「な、なに？　如月ではないだと？」

文史郎は夢の世界から突き落とされるのを感じた。目の前の如月の顔が、見る見るうちに別の女の顔に変わっていた。

文史郎は驚いて目を擦った。

「私は……お咲きです」

お咲きは着物の襟を合わせながらいった。乱れた裾の間からちらりと白い肌の脚が見えた。お咲きは文史郎の視線を感じ、急いで裾の乱れを直した。

「ああ、お咲きどのだったか」

芳《かぐわ》しい匂いだった。いい女だ、と文史郎は心の中で思った。

「これは失礼いたした」

文史郎は謝りながらあたりを見回した。

離れの部屋の中だった。いつの間にか陽は陰《かげ》り、あたりに黄昏《たそがれ》が迫っていた。うとうとと微睡《まどろ》んでいるうちに、本格的に寝入ってしまったらしい。

離れに左衛門の姿はなかった。

「爺は、どこへ消えたかの?」

「さきほど店にどなたかが剣客相談人様を訪ねて来られたと、丁稚が知らせに来たのです。それで左衛門様は出て行かれました」

「おう、そうだったか」

「それで、ちょうどいい、旦那様や番頭さんがいないうちに、ぜひ、お耳に入れておきたいことがありまして、お昼寝の最中とは思いましたが、お起こししたのです」

「ほほう?」

文史郎は畳に胡座《あぐら》をかいて座った。

「で、お咲きどのの話というのは?」

「お嬢様のことです」

お咲きは、あたりを見回し、誰も聞いていないのを確かめてから、三つ指を畳についていった。

「どうか、お嬢様をお助けくださいませ」

「助ける？　どういうことかな？」

お咲きは、ぽつぽつと話しはじめた。

それは、文史郎にとって、信じられないような驚くべき話だった。

十一

お咲きが部屋へ戻ったあと、入れ違いに左衛門が離れに戻ってきた。

左衛門は座るや否や、鼻をひくつかせ、あたりを嗅ぎ回った。

「どうした？」

「女子《おなご》の香りがしますな。もしや、爺がいない間に、どなたか、お出ででしたかな？」

「いや。誰も」

文史郎は嘘をついた。お咲きが来たのは、いまのところ、内緒にしておかねばならない。

そういう約束だった。

「それよりも、さきほど、店にわしらを訪ねて来たのは、誰だったのかな？　大門ではないのか?」

「いや玉吉でした」

左衛門は、まだ諦めきれない様子で、離れに漂う空気に鼻をうごめかせていた。

「そうか。玉吉は大門の行方を突き止めたと申すのかな?」

「いえ、まだです。渡り中間の折助仲間に頼んで、大門殿の似顔絵を見せながら、片っ端から聞き回っているそうなんですが、どこに消えたか、まるで五里霧中といったところです」

「ほんとに大門は、いったい、どこに逃げ隠れしているのかのう」

文史郎は溜め息をついた。

――まるで鍾馗様のように、黒い髯をびっしりと頬に生やした大門のことだ。髯を剃らぬ限り、どこへ行っても目立つ。折助たちの誰かは、きっと見ているだろう。

「玉吉と話をしていたら、ちょうど八丁堀の小島啓伍殿や忠助親分たちが通りかかったので、ちょいと、近くの一杯飲み屋へお誘いし、少しばかり話を聞いて参りました」

「一杯飲み屋か。それがしも、行きたかったがのう」

文史郎は舌舐めずりをした。

「爺、なぜ、小島をここへ連れて来なかったのだ？　それがしが直接、小島に訊きたかったところだぞ」

「殿、ごくごく内密にという信兵衛との約束を思い出していただかないと」

「…………」

「仮にも小島殿は町方役人ですよ。そんな役人を大野屋へ招き入れてごらんなさい、たちまち大野屋に役人が調べに入ったという噂が広がる。何か悪いことをしていたのではないか、と暖簾にも傷がつきかねないことになる」

――爺の言う通りだ、と文史郎は思った。

「で、何か分かったのか？」

「相対死を装って殺された二人の身許が分かったそうです」

「ほう。二人は何者だったのだ？」

「忠助親分が聞き込んだ話では、侍は山城市兵衛《やましろいちべえ》という素浪人、そして、女は侍の若い連れ合いでお美津《みつ》」

「夫婦者だったのか？」

「そのようです」

「どこに住んでいたのだ？」

「浅草蔵前町だそうです。そこの勝兵衛《かちべえ》裏店に住んでいたとのこと」

「山城は、脱藩者かのう？」

「おそらく」

「どこの藩かは分からぬか？」

「町方役人の調べは、そこまでですな」

文史郎は考え込んだ。

「もし、どこの脱藩者なのかが分かれば、大門とどういう関係があるのかも分かるかもしれぬのだがな」

「引き続き、小島殿が忠助親分たちと調べるそうです」

廊下を歩く足音が聞こえた。

下女たちが箱膳や御櫃《ひつ》を運んでくるところだった。

「もう、そんな時刻か」

文史郎は頭を掻いた。

左衛門が慌てて万年床の蒲団を二つ折りして畳んだ。行灯の灯を入れた。離れがほんのりと明るくなった。

廊下の方角から、かすかに味噌汁の匂いが漂ってくる。文史郎は心なしか腹の虫が鳴くのを覚えた。

十二

張り込んでから、五日目の夜が来た。

昼間降っていた雨は上がったものの、空は雲に覆われ、雲間から、欠けた月がおぼろに顔を出していた。

「爺、そろそろ、幽霊が出てもいいころだと思わぬか？」

文史郎は薄暗がりの中で蒲団に寝そべりながらいった。

「幽霊の方にも、都合があるのでしょう。それがしたちがいては出にくい事情もあるかもしれません」

左衛門は胡座をかき、床柱に寄りかかって、眠気を我慢しているようだった。

文史郎はふとお咲きの話を思い出した。

「実はなあ、爺、黙っておったが、先日爺がいないとき、お咲きが突然、やって来てのう」

「やっぱり。爺が玉吉に会うため離れから出たときのことでしょう？　帰ってきたら、どうも空気に女の匂いがあった。まさか……」

「大丈夫だ。手は出しておらぬ。ちと寝惚けてはいたがな」

「殿のことだから、どうですか……」

左衛門は疑い深そうに文史郎を見た。

「爺、ま、聞いてくれ。お咲きが、実に興味深い話をしてくれたのだ」

「どのような話ですか？」

「お由比には、将来夫婦になろうと約束した男がいる、という話だった。その男は大野屋で働いていた中番頭の卯吉」

文史郎はお咲きから聞いた話をできるだけ忠実に再現して話した。

「卯吉は先代の大野屋信兵衛から、いずれいい商人になる、と将来を属望《しょくぼう》され、丁稚から手代、小番頭、中番頭へと、とんとん拍子に出世した男だった」

いよいよ、先代から卯吉が大番頭へ引き立てられるというときに、突然先代信兵衛は病に倒れ、そのまま帰らぬ人となってしまった。

先代信兵衛がまだ生きているころ、先代は競争相手だった呉服屋の橘《たちばな》屋が、事業拡大のため札差から借りた借金が大きく膨らみ、ついには返済ができなくなって、経営不振に陥った。

先代の信兵衛は橘屋の主人を救い、橘屋本店を奉公人ともども買い取って、吸収合併して、今日の大野屋にしたのだった。

先代信兵衛には、跡取り息子はおらず、一人娘のお由がいるだけだった。

先代の第十代信兵衛の急逝にともない、急遽、お由が婿養子を取り、その婿養子が大野屋を継ぐことになった。そのとき、お由の婿養子になったのが、旧橘屋の一番番頭だった太吉《たきち》、現在の第十一代信兵衛である。

そのお由と太吉の間に生まれたのが、一人娘のお由比である。

お由比は、いわば大野屋と旧橘屋の融合と統合の象徴だった。お由比はお店の手伝いをしながら成長し、先代の信兵衛が可愛がっていた卯吉と密かに相思相愛の仲になった。

お由比と将来夫婦になろう、と言い交わしたものの、両親には内緒だった。

そんなこととは、露知らず、ある日、父親の信兵衛は、大番頭の藤吉から中番頭の卯吉が店のお金を横領している、と知らされた。卯吉に預けてある帳簿を調べると、確かに五百両もの、不正なごまかしがあり、信兵衛は激怒した。

卯吉は身の潔白を主張したが、信兵衛はそれを認めずに、とうとう卯吉を解雇し、店から放逐してしまった。

それを聞いたお由比は驚いて、母親のお由に、卯吉が将来を言い交わした相手であり、自分と夫婦《めおと》になろうという卯吉が店のお金をちょろまかすことは絶対にない、と強弁した。

母親のお由は、娘のいうことを信じるため、卯吉を捜し出して会い、本人に事の真相を問い質した。

卯吉は、お由に大番頭の藤吉にはめられたのだと泣きながら訴えた。

卯吉の話によると、ある日、卯吉は大番頭の藤吉から、小番頭の留吉が取引に失敗し、空けてしまった損失の穴埋めに、緊急に、どうしても五百両が必要になったといわれた。

五百両を補塡できないと、留吉は責任を取って首を吊るといっている。留吉を救うため、なんとか、帳簿を操作して、五百両を捻出してくれと頼まれた。晦日《みそか》の決算までには、必ず五百両は返金するともいわれた。

卯吉はいったんは断ったが、藤吉から留吉を救うため頼むと頭を下げられ、つい情にほだされて、大番頭のいう通りに五百両を捻出した。

ところが約束の晦日になっても、五百両は戻って来ない。それどころか、突然、主人の信兵衛に呼び出され、帳簿の帳尻が合わないことを指摘された。そればかりか、五百両以上の計算の誤りを指摘され、卯吉は厳しく追及された。

卯吉は、とうとう信兵衛の追及に耐えきれず、藤吉から内緒で五百両の捻出を頼まれたこと、その五百両は、小番頭の留吉が取引に失敗したもので、その穴埋め補塡が必要だったと。

だが、信兵衛は天から卯吉のいうことを信じず、自分の失敗を、大番頭の藤吉や小番頭の留吉になすりつけようとしている、と激怒し、ついには、卯吉を解雇追放したのだった。

卯吉の話を信じたお由は、亭主の信兵衛の不明を詰《なじ》り、卯吉への処分を撤回して、店に番頭として復帰させるよういい、代わりに藤吉や留吉を解雇、追放するように要求した。

ところが、信兵衛は卯吉の弁解を信じず、卯吉への処分を撤回することなどもってのほかといい、お由の要求を撥ね付けた。

怒ったお由は、信兵衛と離縁するといいだし、それを呑まないなら、縁切り寺へ駆け込み、お上に訴えると信兵衛を脅かした。

ところが、縁切り寺へ駆け込むと騒いでいた矢先に、突然、お由は母屋の鴨居に帯紐を掛け、首を吊った姿で発見された。

それらすべてのことは、結局、自分がいったせいだとして、お由比は悲しみにくれ、引き籠って誰とも口をきかなくなった。

「以上がお咲きから聞いた一部始終だ。爺、おぬし、この話、どう思う?」

左衛門は考え込んだ。

「……つまりは、お由比の塞ぎ具合は、恋患いではない、ということですのう」

「そんなことを訊いているのではない。爺、お由は自殺なのか、それとも、誰かに殺されたのか、だ。乳母のお福によれば、お由は信兵衛か、番頭に殺されたとなる。お咲きの話からすると、お由は信兵衛や番頭たちへの抗議のために自ら首を吊ったともいえる」

「ううむ。いずれにせよ、お由の恨みは深そうですな。やはり、幽霊は、お由の幽霊なのかもしれませんな」

「うむ。だが、余の第六感によれば、まったく違うものかもしれない」

「と、申しますと?」

「それは幽霊が現れたときに明らかにしよう。それまで、まあ、待て」

文史郎は考え込みながらいった。

第二話　秘剣胡蝶返し

一

夜が更《ふ》け、どこかで犬の遠吠えが聞こえた。それに呼応するように、別の方角からも遠吠えが返った。

池で蛙の鳴く声もする。かけいの水音があたりに快い。

文史郎は、ふと異様な物音を聞きつけたような気がして、うたた寝から目を覚ました。

廊下の方から、衣を引き摺《ず》るようなかすかな音がした。物音は一度だけで、それっきり聞こえなくなった。

――気のせいか？

蒲団に軀を横たえたまま、文史郎は目を閉じ、あたりの気配に聞き耳を立てた。

不寝番をしているはずの爺は、床柱を背に寄りかかっているうちに、眠り込んでしまったらしい。かすかに爺の規則正しい寝息が聞こえる。

——何刻？

一刻ほど前に、夜四ツ（午後十時）の鐘が聞こえたから、子《ね》の刻（午前零時）ごろであろうか？

「爺、起きろ」

文史郎は軀を起こし、床柱に寄りかかったままこっくりこっくりと船を漕いでいる左衛門に近寄った。

「爺、起きろ。出たぞ」

文史郎は爺の肩を叩いて囁いた。

「ど、どこに？」

左衛門はがばっと軀を起こし、あたりをキョロキョロと見回した。

暗がりにいる文史郎を見て、びくっと軀を硬直させた。

「爺、嘘だよ。嘘」

「殿、まったく人が悪い。驚くじゃありませんか。脅かさないでくださいな」

そのとき、廊下の方角から、走り出す足音が聞こえた。どこかで、かすかに悲鳴も上がった。

「爺、ほんとに出たらしいぞ」

文史郎は立ち上がり、障子戸をがらりと開いた。

母屋に続く渡り廊下に、何か白い影が立っている。暗がりなので、はっきりとは分からないが、ふわふわと揺れている。

「で、出たあ」

爺は腰を抜かさんばかりに、驚いた。

白い影はふわりと左手の廊下へ隠れるように消えた。左手の廊下には、お由の部屋や信兵衛の寝所が並び、廊下を挟んで向かい側にはお由比と乳母のお福の部屋がある。

「爺、来い」

文史郎は渡り廊下を走り、白い影があった付近に駆けつけた。

左手の廊下を見たが、真暗な闇があるだけで、白い影はなかった。

「殿、確かに、こちらの廊下に」

「うむ」

文史郎は左手に行こうとして、ふと足を止めた。

殺気！

何者？

左衛門は急に足を止めた文史郎の背中にぶつかった。

「殿、いかがいたしました」

左衛門は怯えた声を上げた。

左に曲がらずに廊下をそのまま行けば、店に出る。途中、左へ折れる角があり、さらに二階への階段もある。

文史郎は廊下の先にも何か影が動いたのを見逃さなかった。

「爺、おぬしは、白い影を追え。余はこっちを調べる」

文史郎は廊下をそのまま進もうとした。

「と、殿、そっちは方角が違うでしょう。幽霊は左手へ曲がったんですぞ」

左衛門は角で足がすくんだらしく、立ち往生している。

「殿、殿」

文史郎は構わず暗がりの中を進んだ。

次の廊下の角まで来た。

何かの影は、その付近にいた。真っ直ぐ進めば二階へ上がる大階段に出、さらに行けば店先に通じている。

影は、確かにそこで左手に消えた、と文史郎は思った。

角を左に曲がれば、左右に売り物の反物を保管する部屋が並んでいる。わざわざ裏手の蔵まで行かずとも、そこで客の好みそうな反物を選び出す部屋だ。

廊下は真暗だった。文史郎は脇差の柄を握り、暗がりを窺った。人の潜んでいる気配はなかった。左右の部屋の襖は閉じられたままだった。

文史郎は左右の部屋の襖を一つずつ開きながら進んだ。さっと部屋の中を見るが、反物を重ねた棚が並んでいるだけで、誰かが忍んでいる気配はない。

そのまま廊下を行けば壁に突き当たり、廊下は左右二手に分かれる。右手の廊下には女中や下女たちの小部屋が並んでいる。左手へ折れれば、台所や配膳の間だ。

文史郎は廊下の突き当たりで止まった。

右手の廊下の先で、階段を降りてくる足音が起こった。

二階への階段は、店先の大階段のほかに、裏手にもう一つあり、その階段は右手の廊下に通じていた。

「幽霊が出たのはどこだ？」

「どこだ？」

「こっちです。こっちに」

大勢の人の声も聞こえた。番頭や手代、丁稚たちが起き出したのだった。提灯の明かりも廊下にちらついた。

女中部屋や下女の部屋の襖が開き、騒ぎに目を覚ました女中や下女たちが加わった。

「ゆ、幽霊が出たの？　やだあ」

「恐い。番頭さん、いったい、どこに……」

女たちの声がさらに騒ぎを大きくしている。

文史郎は左手の廊下に進んだ。すぐに配膳の板の間に出た。台所も闇の中にあった。

あの黒い影は確かにいた。気のせいではない。

しかも、一瞬だが殺気を放った。妖気ではない。だから、文史郎は、白い影ではなく、躊躇なく、こちらの影を追った。

廊下に提灯の明かりを先頭にして、どやどやっと人影の群れが現れた。

「出たあ」

番頭や手代たちは、板の間に文史郎が立っているのを見て悲鳴を上げた。人影は一斉に逃げようとした。

「待て待て。そう驚くでない。拙者は幽霊ではないぞ。人間様だ」

文史郎は手を上げて呼び止めた。

「な、なんだ、剣客相談人様ではないですか。あまり驚かさないでくださいよ」

中番頭の吉助が提灯の陰から現れた。

「ほ、ほんとだ。剣客相談人様だ」

手代や丁稚、女中や下女たちが安堵の声を上げ、逃げるのをやめた。

「吉助、いったい、どうしたというのだ？」

「で、出たんです。真っ白な顔の幽霊が」

「どこに出たというのだ？」

吉助は提灯の明かりを掲げた。

「三太《さんた》、おまえ、どこで見たんだ？」

人の群れの中から、泣きそうな顔をした丁稚が、恐る恐る手を上げ、いまいる廊下を指差した。

「相談人様にちゃんとご説明しなさい」

「厠へ行こうと、二階から下りて来たら、このあたりに蠟燭の灯が見えたんです。それで、あ、誰かが起きて厠へ行ったんだと安心しておいらも厠へ行こうとしたら、蠟燭の明かりに白い顔の女の人が浮かんだんです。それで、思わず、出たあっと、二階へ駆け戻ったんです」

三太はぶるぶる震えていた。すっかり怯えきっている。文史郎は優しい声できいた。

「その女はどんな顔をしておった？」

「ちらっと見ただけです。ともかく白い顔をしていて、恐かったんで、よく見てませんし」

小番頭の留吉が顔を出し、目の端を指で吊り上げながらいった。

「三太、こう目が吊り上がっていて、口が耳元まで裂けておらなんだか？」

「…………」

三太は身震いして、傍らの梅吉にすがりついた。梅吉も大きな図体をしながら、ぶるぶると震えている。

「留吉、三太を脅かしちゃあいけない」

吉助が留吉をたしなめた。

「殿、殿」

みんなの背後から左衛門の影が現れた。手燭に照らされた左衛門の顔が浮かんだ。

「おお、爺、そっちの様子、いかがだった？」

「ちょっと、あちらへ」

左衛門は目で離れの方角を差した。

「うむ、分かった。すぐ行く」

左衛門の様子から、おそらく何か内緒話があるのだろう、と文史郎は思った。

二

離れに戻ろうとすると、左衛門が廊下の途中で文史郎を止めた。

「こちらへ」

左衛門は文史郎の腕を摑み、手燭でお由比やお福の部屋に通じる廊下を差した。

廊下に入ってすぐ左手は、お由が首を吊った仏間と、その隣に信兵衛の寝所がある。

「信兵衛は？」

「お妾さんのところでしょう。今夜も留守です」

「さようか」

お由の幽霊が出るとなれば、信兵衛もおちおち寝所で寝てはおれまい、と文史郎は多少信兵衛に同情した。

左衛門は文史郎を連れ、廊下を忍び足で進んだ。一番奥の部屋の襖の前に立ち、小声でお咲きの名を囁いた。

「爺、いつの間にお咲きと……」

「しっ。私は殿とは違います」

左衛門は手燭の灯をふっと吹き消した。

襖がするすると開き、文史郎は左衛門に部屋の中へ押し込まれた。

部屋の中は真暗だった。焚き込めた香の匂いでむせ返るようだった。部屋には人の気配がした。

後ろの襖が音もなく閉まった。左衛門が後ろに控えていた。

床の間の前に、ぼんやりと白い人影が蹲《うずくま》って居た。

――幽霊か？

文史郎は左衛門の手前、平然としていたが、内心、足がすくんでいた。

「剣客相談人様、申し訳ございませぬ」

お咲きの声が闇の中から起こった。

「こうでもしないと、番頭たちに、お由様のお恨みを晴らすことができそうもなかったのです」

お福の声も聞こえた。

「お咲きでもお福でもないとなると、そこにいる幽霊は、お由比だというのか？」

文史郎は蹲った白い人影にいった。

「申し訳ございませぬ」

お由比の返事が聞こえ、白い人影が平伏した。

目が闇に慣れてくると、あたりが朧《おぼろ》に見えてきた。

白い影は白無垢の裲襠《うちかけ》を着込んだお由比だった。お由比の両脇に、小太りのお福とお咲きの姿がある。

「やはり、そうだったか」

文史郎は三人の前に座り、胡座をかいた。

「殿、御存知だったのですか？」

左衛門が後ろからいった。

「ま、おおよそ、見当はついておった。おそらくお由比さんだろう、とな」

「どうして、わたしだと思われたのです？」

お由比がしっかりした声で訊いた。

「匂いだよ。おぬしが着物に香を焚きしめた匂いが、さっき白い物が通り過ぎたあと、廊下に漂っていた。おぬしが最初にそれがしたちに挨拶に来たとき、着物に焚きしめた香の匂いを覚えていたのだ」

文史郎は、左衛門を振り向いた。

「爺こそ、どうして、幽霊の正体が分かったのかのう」

「殿と分かれて、白い影を追って、こちらの廊下に入ったら、この部屋から出るお咲き殿とお福殿に、ばったりと出会ったのです。二人は慌てて襖を閉めようとしたので、それがしが強引に足で襖を押さえ、部屋の中を覗いたのです。そうしたら白い襦袢を着たお由比さんを見つけたのです」

「そうだったのか」

お由比があらためて座り直した。

「どうぞ、剣客相談人様、このことは父にも、番頭たちにも内緒にしておいていただけませんでしょうか？」

お由比が頭を下げた。お福が付け加えるようにいった。

「お由さんを殺めた犯人を見つけて、どうか、お由さんの恨みを晴らしていただけませんでしょうか。わたしは旦那様か、番頭たちの誰かが犯人だと思いますけど、証拠がないのです」

お咲きが最後に頭を下げていった。

「剣客相談人様、どうか、お嬢様が将来を言い交わした中番頭の卯吉さんの無実を晴らしてくださいませ。お嬢様は卯吉さんと所帯を持てれば、お店を出ていってもいい、とまでおっしゃられているのです。それが不憫で。どうか、旦那様が卯吉さんの無実を信じ、いま一度卯吉さんが番頭として、お店で働けるようにしていただきたいのです」

文史郎は左衛門と顔を見合わせた。

「いろいろ、依頼されてしもうたのう。爺、いかがなものかの?」

「弱りましたな。それがしたちは、幽霊退治のために参ったわけですからな」

左衛門も溜め息混じりにいった。

文史郎はふと思いついた。

「ところで、お由比、一つ、気になったのだが、どうして、ご母堂の幽霊になって、みんなを恐がらせようと思ったのだ?」

「母の恨みを晴らそうと思ってです」

「幽霊に化けて恨みを晴らそうというのは、おぬしが考えついたことかの?」

「いえ。……私ではありません」

お由比は下を向いた。

「おぬしではないとすると、お福さん、それともお咲き殿かね？」

「いえ、わたしではありません」

「私でもないですよ」

お福とお咲き二人とも頭を左右に振った。

文史郎はお由比に向き直った。

「お由比、もしかして、卯吉の入れ知恵ではないのか？」

「はい」

「そうだろうな。では、お由比、おぬし、密かにどこかで卯吉と逢瀬《おうせ》を重ねておったのだな」

「…………」

「正直に申せ。卯吉と逢ったことを非難しているわけではないのだから」

「はい。ときどき、卯吉さんと逢いました」

「お福も、お咲きも、そのことは存じておったのか？」

お咲きは「いいえ」と返事をした。

お福が渋々とうなずいた。

「はい。私がお嬢様のお供をして、出かけましたから。その折、卯吉さんとお嬢様は逢っていました」

「卯吉は、なぜ、お由比に幽霊に化けたらいいと持ちかけたのかな？」

「卯吉さんと逢うためです」

「まあ、そうだったの？」

お福が驚いた。文史郎は訝った。

「でも、どうして、幽霊騒ぎを起こせば、卯吉と逢えるのかのう？」

「みんな恐がって部屋に閉じ込もっているので、卯吉さんが忍び込みやすかったのです。それに家から出ていくときも、幽霊騒ぎに紛れると逃げやすかったからです」

お由比が答えた。左衛門が感心した。

「なるほど。うまい手を考えましたな。幽霊騒ぎを起こして、人払いをし、この部屋で逢瀬を重ねていたというのですかの」

「まあ、そうでしたの？　わたしはさっぱり気づかなかった。お咲きは？」

「正直に申し上げますと私は、うすうす気づいていました。幽霊騒ぎの度に、どうも卯吉さんが忍び込んで来ているらしいと」

お咲きはうなずいた。文史郎は訊いた。

「お由比、おぬしはどこで卯吉と逢っていたのだね？」

「まさかここでは、いくらなんでも、この部屋では……」

お由比は恥ずかしげに俯いた。

「では、どこで？」

「……裏の蔵です」

お福が頭を振った。

「まあ、裏の蔵の中で？　そうねえ。卯吉は勝手知ったお店だものねえ。どこで逢ったら、誰にも分からないか、よく知っているはずよねえ」

「ほほう。蔵の中ねえ。しかし、蔵に出入りするには、錠前を外す鍵が必要だろう？鍵はどうするのかね」

「ですから、内所《ないしょう》から、私が蔵の鍵を持ち出して、あとでそっと戻しておくのです」

左衛門が感嘆の声を上げた。

「そのときに、幽霊に扮していれば、見かけた奉公人はみな恐がって逃げてしまう、ということか。殿、うまいことを考えましたの」

「うむ」

文史郎は腕組みをした。

――それにしても、何か妙だな。

文史郎は心の隅に何かが引っかかった。

三

翌日、文史郎は店の手隙を見計らい、左衛門に、藤吉、吉助、留吉を、それぞれ一人ずつ、近くの水茶屋へ呼び出させ、単刀直入に「お由殿を殺したのは、おぬしか」と半ば脅しを入れて尋ねてみた。

まともにそのようなことを訊かれ、「はい。そうです。恐れ入りました」などと自ら罪を認める者はいまい。そんなことを期待したのではなく、突然、問われて、どんな反応をするか、見てみたかったのだ。

藤吉は「滅相もない。誰がそんなひどい噂を。ははあ。乳母のお福さんあたりですな」と笑いながら、さすが大番頭らしく泰然自若としていた。

本当に後ろめたいところがないから、平然としていられるのか、それとも大悪党なのか、文史郎には分からなかった。

中番頭の吉助は、「と、と、とんでもない。どうして、私がそんな大それたことを」と飛び上がって手元のお茶をこぼした。

その慌てぶりは真に迫っていたが、図星をさされて驚いたのか、それともほんとうに驚天動地の尋問だったのか、これも分からなかった。

小番頭の留吉は憤然として席を立とうとした。

「ご冗談が過ぎましょう。誰がいったか、おおよそ見当はつきますが、そんな陰口をお取り上げになる相談人様も相談人様です。お人が悪い」

留吉が取引で穴を開けた五百両の話になると、憤然と怒り出した。

「五百両の穴を開けたのは、ほかならぬ中番頭の卯吉さんだった。それを卯吉さんは、あろうことか、大番頭の藤吉さんと私が帳簿をいじって帳尻を合わせようとした、と旦那さまに告げ口した。大番頭の藤吉さんと私が、必死になって原簿の台帳と売り上げ台帳を突き合わせ、取引上のことで、五百両も穴を開けたことはない、と旦那さまに分かっていただいた。取引の失敗で五百両も損失を出したのは、店の金を黙って融通してしまったのは卯吉さんだった。濡れ衣ですよ」

その件について、大番頭の藤吉に尋ねたら、溜め息混じりにいった。

「卯吉さんは一時、生糸の取引で大きくあてたことがあって、旦那さまから大層誉められたのです。それで、今度は一転して取引に失敗して穴を開けてしまい、それを旦那さまにいえなくて、切羽詰まって、私たちに罪をなすりつけようとしたのでしょう。

思えば、可哀想なやつです。先代の大旦那さま、それに旦那さまが目をかけて可愛がったのですがねえ。正直に私に相談してくれたら、私もなんとか力になりましたのに。旦那さまにいっしょに頭を下げて謝ったことでしょうにねえ」

結局、尋問の収穫はほとんどなかったが、三人三様の反応に、どの番頭が嘘をついているのか、それとも全員ほんとうのことをいっているのか、文史郎も左衛門も、五里霧中の状態に陥っていた。

四

文史郎と左衛門が、三人の番頭たちを店に戻したあと、茶を啜っていると、南町奉行所の小島啓伍が、まるで番頭が帰るのを待っていたかのように姿を現した。

「殿、どうなさったのですか、浮かぬ顔をされて」

小島は茶屋の仲居にお茶を頼み、上がり框に座蒲団を敷いてのっそりと座った。

文史郎は番頭たちにお由の死について、はったりをかまして尋問した話をした。

「いやはや、慣れぬことはせぬものだなと思ってな。つくづく八丁堀のおぬしたち十手持ちは偉いものだ、と爺と話しておったところだ。なんやかやいって、罪を白状させておるものな」

「そうですよ。殿は、奉行所の与力でも同心でもないのですからね」

　左衛門は急須の茶を文史郎の湯飲みと自分の湯飲みに注ぎながらいった。小島は頭を掻いた。

「そんな風にいわれると、少々照れますが、それがしたちとて最初は似たようなものでしたよ。騙し騙され、真相は藪の中、結局、殺された本人しか下手人を知らないということになる。そんなときには、最後の手しかなくなる」

「なんだね、その最後の手というのは？」

「一番怪しいやつを引っ捕まえて、少々痛めつけたり、締め上げるんです。たいてい、苦しくなって、ぽろりとほんとうのことを吐く」

「……乱暴だな」

　文史郎は顎をしゃくった。

「相手は人殺しですよ。多少手荒いことでもしなければ、白状なんてしませんよ」

「もし、そいつがほんとの下手人でなかったら、どうするのだい？」

「私はまだ修業が足りませんのでできませんが、経験豊かで老練な十手持ちなら、一目見ただけで、後ろめたいことをしたやつを見分ける眼力を持っているもんで。眼力さえあれば、まずほんとの下手人か否かを間違うなんてことはないんです」

「……そう願いたいね」

文史郎は言葉を濁した。小島啓伍は、何も気にせずにいった。

「ところで、先日、左衛門様から頼まれた件について、分かったことがあるので、知らせに参ったのです」

「ほう。爺が何かおぬしに頼んだと申すのか？」

「それがしも、殿にお仕えする以上、気を利かせませせぬとな」

左衛門は皺だらけの顔を崩して、にっと笑った。

「なにせ、小島啓伍殿のことだ。どんな難問でも解いてしまうお人ですからな」

左衛門は小島啓伍をやけに誉めた。

誉めるのは、人を動かすための第一歩だ。

左衛門は、小島啓伍をおだてるコツを摑んだ様子だった。

小島啓伍は満更でもない顔で続けた。

「卯吉のことです。卯吉がいま、どこで何をしているのか、でしたな」

「で、何か分かったかね」

左衛門は訊いた。

「卯吉は、日本橋の廻船問屋の遠江《とおとうみ》屋の小番頭として働いておりました。大野屋を辞めさせられて、まもなく遠江屋の知り合いの番頭に頼んで、雇ってもらったようなのです」

「遠江屋といえば、大野屋とものの一町と離れておらぬな」

文史郎は河岸近くに店を開いている遠江屋を思い浮かべた。

「卯吉は、その遠江屋で船乗りや水夫《かこ》の差配を一手に任されているようでした」

「ほほう」

廻船問屋といえば、どの店も命知らずの船乗りや水夫を大勢雇っている。

なにしろ桧垣廻船《ひがきかいせん》は、酒をはじめ、いろいろな下《くだ》り物を船に積んで、浪速《なにわ》から江戸まで大海を乗り越えてやって来る。船乗りたちは板子《いたご》一枚下は地獄という船を操るのが仕事だ。廻船問屋の差配をする小番頭といえば、気の荒い荒くれ者たちを御《ぎょ》す力がなければ、やっていけない。

「卯吉は仕事や計算が早い上に、船乗りや水夫を操る術も心得ているらしく、いまや遠江屋では無くてはならない番頭になっておりました」

「卯吉の日ごろの評判は？」

「仕事では上々なのですが、卯吉には裏の顔があり、なんでも博打場へ出入りしていると。結構、博徒連中には顔らしいのです」

「ほう、博打場へ出入りしていたのは、いつのことかね？」

「大野屋の中番頭をしていたころから、と見ていいでしょう。博打場に顔が利くようになるのは、一年や二年、通っての話ではないですからな」

「お由比は、そんな卯吉の裏の顔を知っておるのかのう」

文史郎は左衛門と顔を見合わせた。

五

卯吉の使いの者だという若衆が、さりげなく文史郎を訪ねて来たのは、翌々日の昼過ぎのことだった。

文史郎は左衛門と連れ立ち、その若衆について出かけた。

若衆に案内された先は、小島啓伍がいっていたように廻船問屋の遠江屋だった。

文史郎の前に現れた卯吉は予想していた武骨な男ではなく、女のような優男《やさおとこ》だったので、文史郎は内心驚いた。

顔立ちは奇麗に整っており、歌舞伎役者にしてもおかしくないほどの美男だった。

こんな美男の優男が、荒くれ者たちを差配し、鉄火場で丁半博打をしているとは、文史郎は信じられなかった。

卯吉は文史郎と左衛門に丁寧に挨拶し、店の近くの蕎麦《そば》屋信濃屋へ二人を案内した。

三人は店主にざる蕎麦を注文し、蕎麦を啜りながら、話を始めた。

「へえ、確かに、大野屋に勤めていたころから、旦那様について、博打場に出入りしていたことはあります」

「え、信兵衛殿も博打場に出入りしていたというのか？」

「……こんなことをいってはいけなかったかもしれませんが、旦那様が一時丁半賭博に凝ってしまわれて、それと気づいた奥様に私が呼ばれたのです。卯吉、あんたが旦那様にお供して、なんとか博打をやめさせておくれ、と」

「そんなことがあったのか」

「旦那様は、それについておっしゃってなかったですかい？」

「いや、何も聞いておらんな。のう、爺」

「はい。初耳ですな」

爺も小首を傾げた。

「ですから、旦那様にお供して博打場へ出入りし、旦那様が博打で大損をしないよう、気配りをしていたので、いつの間にか、旦那様よりも私めの方が顔になってしまって」

「信兵衛をやめさせることはできなかったのかい？」

「へえ。私が旦那様に損をさせないよう、裏で手を回したのが、かえってよくなかったのです。そうと気づき、あるとき、あえて旦那様が大損しても、知らぬ顔をしていたのです。いや、正直いいまして私が裏で賭場の主に頼んで、旦那様に大損させるよう頼んだのです。それが功を奏して、旦那様はきっぱりと博打をやめました。それで、私も安心して、いっしょに博打をやめたのです」

「ほう、どうしてだ？」

「私の正業は、そのとき、大野屋の番頭ですよ。いくら博打が上手いといっても、自慢できることではありません」

「しかし、おぬし、いまも博打場へ出入りするようになっていると聞いたが」

「いまは廻船問屋遠江屋の小番頭です。荒くれ者の船乗りや水夫を差配する立場ですから、彼らの出入りする賭場にも顔が利かないと、彼らの抑えが利かないのです」

「ほう？」

「彼らの手前、博打が上手くないと、相手が私を舐めてかかる。それでは番頭として、役立たないでしょう。船乗りは、少し金が入ると賭場《とば》に入り浸って、すってんてんになるまで帰って来ない。そうなると、廻船が出せなくなる。そうしたことが起こらぬよう手配怠りないよう気配りをすることも、私の仕事ですからね」

　文史郎は話しているうちに、卯吉の気さくで正直な物言いに好感を抱いた。何を尋ねても、包み隠さずに返してくる。頭もかなりいい男だった。

「大番頭の藤吉や小番頭の留吉によれば、おぬしが取引で五百両の穴を開けたと聞いたが」

「まだ、そんなことをいっていますか。五百両の穴を空けたのは留吉です。大番頭の藤吉は、自分の責任になるから留吉を庇った。もともと、旦那様も大野屋に吸収合併された旧橘屋の一番番頭で、藤吉と留吉の二人は旧橘屋の奉公人だった。みんな、大野屋の身内になっても、昔の誼《よし》みで、庇いあっているのです」

　卯吉は寂しそうな目で文史郎を見た。

「しかし、どうして信兵衛は、それと知りながら、五百両を使い込んだとして、おぬしを馘《くび》にしたのだろうか？」

「旦那様はほんとうのことをおっしゃらないでしょうね。実は、奥様の依頼もあって、旦那様にお妾さんと別れるようにお願いしていたのです。しかも、そんな私を、奥様は大事にして、お由比さんと夫婦にしようとなさっていた。旦那様は恐れたのでしょう」

「何を恐れたというのか？」

「……旦那様はお妾さんとの間に生まれた男の子を後継ぎにとお考えだった。だけど、私とお由比様とが夫婦になると、私が大野屋を継ぐことになりましょう。それを恐れたのだと思います」

「なるほど、それで、信兵衛は後顧の憂いなきよう、おぬしを追い出したというわけか。しかも、店の金を五百両も遣い込んだという罪状まで負わせて」

「卑劣なやり口ですな」

左衛門も憤慨した口調だった。卯吉は慌てていった。

「旦那様をあまり責めないでください。私にも落ち度があるのですから」

「ほう、どんな落ち度があるというのかね？」

「私がお由比様と夫婦になる約束などしなかったら、こんな揉め事にはならなかったのですから」

「…………」

文史郎は腕組みをし、宙を睨んだ。

「ところで、おぬし、お由殿は、どうして死んだと思う？　お由殿は殺されたという向きもあるが」

「奥様が殺されたなんてことはないと思います。奥様は、きっと旦那様がお妾さんと別れようとしないので、これからの生活を儚《はかな》んで首をくくったのだと思います。そうやって、旦那様の目を覚まそうとしたのだと思います。奥様はほんとにお気の毒な方でした」

卯吉は頭《こうべ》を垂れた。

蕎麦屋を出て、卯吉と別れた帰り道、文史郎はむっつりしながら左衛門に訊いた。

「爺、おぬし、卯吉の話を聞いて、どう思うた？」

「いい男ではありませんか。話もよく通っている。信兵衛や大番頭の藤吉、小番頭の留吉なんかより話がすっきりしてますな」

「爺もそう思うか？」

「そういう殿は、どうお思いなのです？」

「いや、爺のいう通りだと余も思うが……」

だが、と文史郎は内心思った。

どこか話のつじつまが都合よく合いすぎて、ほんとうなのだろうか、とかえって違和感を覚えるのだった。

六

「相談人様、相談人様、起きてください。たいへんです」

文史郎は時ならぬ男の声に叩き起こされた。

目を覚ますと、大野屋信兵衛の顔が真上にあった。

「何事！」

文史郎は蒲団から飛び起きた。

あたりは薄暗くなっていた。陽が落ちて、夜になろうとしていた。

「剣客相談人様、む、娘のお由比がさらわれました。どうか、お助けくださいませ」

信兵衛は気の毒になるほど、うろたえていた。見ると、お福や番頭たちも青い顔をして座り込んでいた。

「いったい、何事が起こったのだ？」

「剣客相談人様、これをお読みください」

信兵衛は、一枚の半紙を差し出した。黒々と達筆な字が書き連ねてある。

『……お由比殿の御身柄、当方、お預かり候。金子五百両と引き換えに、お由比殿をお渡し致したく、信兵衛殿自ら金子五百両を持参し、左記箇所にまでお届け願いたく候云々……。

大野屋信兵衛殿』

末尾に「鳥天狗」という名前が書き記してあった。

指定された時刻は、本日、子の刻（深夜零時）、場所は、「谷中《やなか》の千宗寺」とあった。

「千宗寺は存じております。金子をお渡しいたしますので、ぜひとも、娘お由比をお助けいただきますようお願いいたします」

「分かった。お由比どのをお救いいたそう」

文史郎はまだうたた寝から覚めきっていない頭を振りながら、あたりを見回した。

左衛門の姿はなかった。

「爺は？」

「さきほど、若い衆がお出でになって、左衛門様は、ごいっしょにどこかへおでかけになりました。すぐ、戻ると言い残されましたが」

お福が急いでいった。

若い衆？　玉吉のことだろうか、と文史郎は思った。

「しかし、お由比どのは、いつ居なくなったのだ？」

お福がおろおろしながらいった。

「それが、お由比さんは、お咲きを連れて、いつもの踊りのお師匠様のところへ出かけて行ったのです。ところが、夕方になっても、二人は戻らないので、心配になって、梅吉を迎えに行かせたところ、お師匠様は、二人は稽古が終わり、とうの昔にお帰りになったというのです」

大番頭の藤吉が、そのあとを引き取った。

「そうこうしているうちに、店先で、丁稚が人相の悪い折助のような無頼の男から、その手紙を手渡されたというのです」

文史郎は、もう一度、手紙の文面に目をやった。

『……万が一にも、町方役人にお届けなされし場合、お由比殿の命は亡きものとなり候事云々』

とも付け加えられてあった。

――本日深夜子の刻か。

文史郎は腕組みをして、考え込んだ。

信兵衛はじめ、みな心配顔で座り込んでいる。

廊下にばたばたと走る足音がして、左衛門の姿が現れた。

「殿、拙者が留守の間に、何事が起こったというのです？」

「おう、爺か。どこへ行っておったのだ？」

「玉吉が参って、大門殿の居場所が分かったというのです。それでついて行ったところ」

「大門に会えたのか？」

「いいえ。入れ違いで、出かけたところで、それでやむなく置き手紙をして参りました。何の事情かは分からないが、ともあれ、大野屋へお出でいただけますよう、書き記しておきました」

「そうか。いまは大門どころではない。お由比がさらわれたのだ」

文史郎は、脅迫状を左衛門に渡した。

左衛門は手紙を一読し、溜め息を洩らした。

「この烏天狗とは、誰のことですかのう？」

左衛門は、そこにいる信兵衛やお福、藤吉たち番頭を見回した。誰も知っている者がいなかった。

「爺、信兵衛殿一人を行かせるわけにはいかぬぞ。今度は信兵衛殿が烏天狗にさらわれ、金子も奪われかねぬ。わしらも、信兵衛殿を守って、千宗寺へ乗り込むしかあるまいな」

「しかり」

左衛門も覚悟した様子だった。大野屋信兵衛は文史郎と左衛門に平伏していった。

「殿様、左衛門様、どうか、お由比と、連れのお咲きをお助けくださいますよう、お願い致します」

七

——深夜の、それも人気《ひとけ》がまったくなくなる子《ね》の刻に、辺鄙《へんぴ》で田地が多い谷中の千宗寺に、五百両を持参して、お由比とお咲きを引き取りに来いとは、「烏天狗」を名乗る悪党も、いやはや大胆不敵な徒輩だ。

もっとも、大野屋信兵衛によれば、千宗寺は大野屋代々の墓があり、お由もその墓に葬られているとなれば、烏天狗は大野屋の事情に通じた人間だと分かる。

千宗寺は、不忍池に流れ込む川を舟で遡《さかのぼ》り、千駄木坂下町を過ぎて、さらに半里ほど行った人里離れた田地の中にある。

文史郎は、玉吉が漕ぐ猪牙舟に揺られながら、すっかり暗くなった川の岸辺に茂る葦を眺めた。黒々とした葦の葉が風に揺られて、さわさわと囁くような音を立てていた。

猪牙舟には舳先《へさき》側にぶら提灯を手にした左衛門が座り、中ほどに五百両を足許に置いた大野屋信兵衛、艫《とも》側に文史郎が座っていた。

烏天狗は子の刻と指定して来たが、そんな遅くに川や掘割を遡って行けば、川の番所の番人に不審に思われる。

文史郎は左衛門と話し合い、烏天狗たちよりも先に千宗寺に乗り込んで、相手を待ち受けた方がいいだろう、という結論になった。

烏天狗が、たった一人でお由比とお咲きを連れて現れるとは思えなかった。きっと腕の立つ浪人者や無頼の者を大勢連れて現れるだろう。

さらに、烏天狗たちが約束を違《たが》えて、お由比たちを返さず、おびき寄せた文史郎たちを襲い、金子だけを強奪するということも考えられる。

文史郎としては、烏天狗たちとの闘いに備えて、千宗寺に先に乗り込み、地の利を得ておきたかった。

「千宗寺は、このあたりだと思いましたが」

玉吉が猪牙舟を岸辺に漕ぎ寄せながらいった。信兵衛が相槌を打った。

「そうそう。右手に道灌山《どうかんやま》の山影が見えますんで、この近くです」

右手の岸の田圃の先の暗がりには、灯火がちらつく人家が並んでいる。その背後に黒々とした低い山並みが見えた。道灌山は太田《おおた》道灌の屋敷跡がある。

「この先の橋を過ぎたところです。杉林に囲まれた千宗寺があるはずです」

猪牙舟は暗い川面をさらに進み、太鼓橋の下を潜り抜けた。信兵衛がいったように、右手の岸に面して、こんもりと生い茂った杉林と、寺の伽藍が仄かな星明かりに浮かび上がっていた。

その付近は谷中でも茶屋で賑わう天王寺界隈から、だいぶ離れた場所で、近くには、秋田藩二十万石の藩主佐竹右京太夫《さたけうきょうだゆう》の山林や、将軍家の鷹狩りの狩場があった。

千宗寺の周囲は田地や山林に囲まれていた。

玉吉は棹を差し、寺の近くの船着き場に猪牙舟を着けた。

文史郎たちは小さな桟橋に上がり、寺の参道の前に立った。

寺の境内は暗がりに覆われ、静まり返っていた。

本堂や僧坊にほんのりと行灯や蠟燭の明かりが灯っている。

空にはやや雲が張り出していた。細い三日月が時折、雲間から顔を出し、そのときだけ、あたりを月光がおぼろに浮かび上がらせる。

「玉吉、先に行って様子を見てくれ」

「へえ、合点でやす」

玉吉の黒い影が小走りに山門を潜り、境内の暗がり闇に消えた。

先頭をぶら提灯を下げた左衛門、次いで金子《きんす》を包んだ風呂敷包みを担いだ大野屋信兵衛が進み、二人のあとを文史郎があたりに気を配りながら、ゆっくりと歩んだ。

大野屋信兵衛は僧坊の出入り口の扉を叩いた。出てきた小僧に、信兵衛は来意を告げた。出てきた老住職とは顔見知りらしく、深夜まで休ませてほしい、と頼んだ。

老住職は詳しい事情は何も訊かずに、僧坊の一間《ひとま》を文史郎たちに提供してくれた。

文史郎たちは、子の刻が来るまで待つことにした。

行灯がほのかに部屋を照らしていた。

本堂から読経の声が流れていた。修行僧が阿弥陀仏にお経を上げている。

僧坊には、年老いた住職のほか、数人の修行僧や小僧、さらに下男の老夫婦が住んでいた。

玉吉が一回り境内や寺の周囲を見て回り、戻ってきた。

「殿、いまのところ怪しい者たちが潜んでいる気配はありません」

「しかし、この寺を指定して来たということは、この近くの人家に、烏天狗たちの隠れ家があるのではないですかね」

「ご苦労だった」

「そうだな。近くに空き家とか、使われていない納屋《なや》とか、廃寺があったら、調べてくれ」

「合点でさあ。ちょっとひとっ走りして、周りを調べてみます」

「ご苦労だが頼む」

玉吉はまた足を忍ばせ、暗がりに姿を消した。

「お由比やお咲きは無事なのでしょうね」

信兵衛は心細そうに金子の包みを手元に引き寄せ、軀を小さくした。左衛門が慰めるようにいった。

「烏天狗たちも、金子はほしいはず。そう無下《むげ》には、お由比さんたちを殺《あや》めるようなことはすまいて」

文史郎は耳を澄ませた。どこかで梟《ふくろう》の鳴き交わす声が聞こえた。

「ところで、信兵衛、この機会だから、あえて訊きたいことがある」

「はい、なんでしょうか？」

「おぬし、お由比と卯吉が、将来を言い交わした仲なのは知っておろうな」

「はい」

「おぬしは、二人が夫婦になることに反対しておったそうだな」

「はい。お由比があの男と夫婦になるなんて、とんでもないこと。私はお由が生きているころから、絶対に娘をあの男にだけは添わせぬ、と申しておりました」

「なぜだね？　礼儀正しく、正直な物言いといい、わきまえた態度といい、男としてかなり出来ると見たが」

文史郎は訝った。

「そうそう。殿がおっしゃる通り、卯吉は男振りもいいし、軽薄な考え方もしておらず、決して悪い男には思えなかったが」

左衛門も卯吉の印象をいった。

信兵衛は顔をしかめた。

「そうですか。剣客相談人様は、卯吉にお会いになったのですね。あれで誰も、卯吉にころりと騙されるのです」

「ほう、騙される？　どういうことだね」

「私も先代の信兵衛も、はじめはあの表《おもて》の顔を信じていたのですが、あとで騙されたのが分かったのです。お由やお由比には、それをいくらいってても聞いてくれなかった」

「………」

文史郎は左衛門と顔を見合わせた。

「実は卯吉は先代が惚れ込んだ女郎の子で、隠し子でした。先代は幼いころから卯吉を目に入れても痛くないような猫可愛がりをしていたのです。女郎の子ということもあって、家にも入れてやれないので、無尽蔵に金を与えていたのです。それをいいことに、やつは遊び放題、若造のころから家に帰らず、廓や博打場に入り浸り、放蕩の限りを尽くし、やくざたちといっしょに恐喝や暴力のし放題」

「ううむ」

「このままでは町方の世話にもなりかねない、ということになって、ある日、先代は一大決心をし、卯吉にまともな生活をさせようと、手代として手許におくことにしたのです。卯吉もそのときには、さすがに反省したのか、まともに仕事を始めた。頭も悪くないので、先代のよき指導もあって、めきめき商売の腕を発揮して、手代頭、小番頭、中番頭ととんとん拍子に出世した。

私は婿養子としてお由と夫婦になり、お由比をもうけていた。先代から暖簾を引き継ぐとき、初めて卯吉のことを聞かされ、くれぐれも頼むといわれていたのです」

「…………」

文史郎は腕組みをして考え込んだ。

「そのころ、商売はうまくいっており、先代は競争相手の橘屋の主人に頼まれ、橘屋を奉公人もろとも引き取り吸収合併なさった。大きくなった大野屋は、大番頭の藤吉たちの力もあって、さらに成長した。そのころは、卯吉もまじめに働き、そろそろ大番頭にもという声がかかりはじめたとき、先代が突然に亡くなってしまったのです」

「…………」

「そのあとのことです、卯吉はあろうことか、娘のお由比に言い寄っていたことが分かったのです。お由と卯吉は腹違いの姉弟です。お由比と卯吉が結ばれたら、血の繋がった叔父と姪っ子が夫婦になる。それで私は絶対に夫婦にはさせぬとお由比にいい、卯吉にも釘を刺した。ところが、女房のお由は、先代から卯吉のことを聞いていないので、お由比と卯吉が夫婦になるのに賛成し、私になぜ、反対するのか、と詰《なじ》るようになったのです」

「……なぜ、打ち明けなかったのだ？」

「先代から、くれぐれも卯吉のことを頼まれ、隠し子であることを誰にもいわないよう誓わされていたのです。それで、私はお由に真実をいいたくてもいえなかったのです」

「ふうむ。厄介な話だな」

「私は卯吉を呼びつけ、娘から手を引けと怒ったのです。ところが、けしからんことに、卯吉はせせら笑って、お由比が自分を好きなんだから仕方ないだろう、と居直った。それで私のいうことを聞かないのです。そんなときでした。藤吉が卯吉の遣い込みを発見したのです。その額はなんと五百両にも上っていた。私は、それを口実に卯吉を解雇したのです」

「なるほどねえ。そんな事情があったのか」

文史郎は唸った。

「そんな事情を知らぬお由は、私を責め、卯吉とお由比を夫婦にせぬのなら、私を離縁するとも言い出した。それで、私はとうとう、お由に卯吉が先代の隠し子であり、お由の腹違いの弟であることをいってしまったのです」

「そうしたら？」

左衛門も頭を垂らして考え込んだ。

「それを明かした翌日のことでした。お由が首を吊って死んだのは」

左衛門は首を捻った。

「どうして、お由さんは首吊り自殺をしたというのですかのう？」

「爺、まだ分からぬか。それ以上、信兵衛殿に訊くのは酷というものだぞ」

文史郎は左衛門をたしなめた。信兵衛は寂しそうに笑った。

「いえ、いいんです。私も番頭たちから、それとなくお由と卯吉が出来ていると聞かされていたのです。でも、まさか、と信じなかったのですが」

「なるほど、そうだったか。腹違いとはいえ、実の姉弟なのに、なんとおぞましい」

左衛門は顔をしかめた。

文史郎は信兵衛が、なぜ、妾宅に出かけるのかが分かった。

「そうか。それで、おぬし、お妾さんのところに入り浸ったのだな」

「私が悪いのです。私がもっと早くに先代との誓いを破って、お由に一言、卯吉の生い立ちを話しておけばよかったのです。そうすれば、お由は、卯吉に言い寄られても、拒んだことでしょう。私は卯吉が憎い。卯吉がお由を殺したようなものだ」

「なるほどな」

「きっとお由は、先代との誓いを守って黙っていた私を恨んでいたことでしょう。幽霊になって出て来ても仕方がなかった」

　信兵衛はしんみりといい、手首に巻いた数珠を鳴らしながら、念仏を唱えた。

「そうだったのか。これで、おおよその真相は分かった。そうだのう、爺」

「……そんなことがあったとは。あの卯吉が、そんなワルだったとは、爺はまだ信じられませんな」

「あいつは血の繋がった姉と知っていても、平気で言い寄る男です。私が卯吉を馘首《くび》にして、店から追い出したとき、卯吉はケツを捲って、いまにこの大野屋を目茶苦茶にしてやるから覚えてろ、と捨て台詞《ぜりふ》をいって出て行ったんです」

　左衛門は怒った。

「殿、卯吉という男、とんでもないやくざな野郎ですな。わしゃ、許せぬ」

「もしや」

　文史郎ははっとして顔を上げた。

「殿、どうしたというのです？」

「お由比を誘拐したという脅迫状は、あの卯吉が送りつけたものかもしれない。そうか、分かったぞ、これは卯吉の策略だ」

　文史郎は傍らの大刀を引き寄せた。

「爺、いま何刻だ？」

「半刻ほど前、町木戸を閉める夜四ツ（午後十時）の鐘が鳴りましたな。ですから、まもなく四ツ半（午後十一時）になりましょう」

「いかん、爺、わしらはまんまとここへおびき寄せられたのだ」

「と、申しますと？」

左衛門は訝った。信兵衛もきょとんとしている。

「いまごろ、お店の方に幽霊が出て、きっと大騒ぎになっているだろう」

「でも、殿、幽霊騒ぎのからくりは、お由比たちの……」

左衛門は目をぱちくりさせた。

「幽霊なんかに化けようと思ったら、誰にでもできる」

「そりゃそうでしょうが」

「ともかく幽霊騒ぎを起こし、その騒ぎに乗じて、卯吉は何かしでかすつもりだ」

「…………」

信兵衛がきょとんとしている。

「きっと卯吉はワルの仲間を引き連れ、大野屋に乗り込み、蔵破りか押し込みをやるのではないか」

「な、なんですと」

信兵衛は仰天して腰を抜かした。

「信兵衛、いま大野屋の蔵には何が入れてあるのだ？」

「近々に大奥の御台所《みだいどころ》様にお納めする選りすぐりの極上の反物、御台所様のためにお仕立てした絹の裲襠《うちかけ》など数々の献上品が納めてあります」

「それを盗めば、大野屋は大損害になるだけでなく、幕府から店を畳むようにいわれるだろうな」

「な、なんということ」

「ほかには、金目の物はないか？」

「実は、これから浪速《なにわ》で新規の店を開こうと、そのために用意した五千両の金子がります」

「五千両！」

左衛門は絶句した。文史郎はうなずいた。

「それだ。爺、信兵衛、至急に店へ取って返すぞ。まだ間に合うかもしれぬ」

文史郎は大刀を引っ掴み、僧坊の廊下を走り出した。

「玉吉、玉吉はいないか！」

「殿、少々お待ちを」

左衛門と信兵衛は、二人で重い金子の包みを持ちながら、文史郎のあとに続いた。

僧坊の各間から小僧や修行僧が何事が起こったか、と顔を覗かせていた。

文史郎は土間で草履を突っかけ、僧坊の外に走り出た。

寺の境内は、月明りに照らされ、ほんのりと明るかった。

文史郎は、走り出そうとして、殺気を感じ、咄嗟に足を止めた。

「何者！」

細い三日月の光の下、境内にばらばらっと四人の侍たちが散開するのを、文史郎は見て取った。

「剣客相談人とやら、逃げるのか？」

長身の男が大声でいい、文史郎の前に立ち塞がった。骸骨のように目が暗く落ち窪んだ見るからに異形《いぎよう》な顔の男だった。

残る三人の侍も、粗末な身なりの着流しだった。ぼろぼろの着物の様子から見て、金に困った浪人者たちだと思った。

「おぬしら、烏天狗か」

「烏天狗だと？　知らぬな、そんなやつ。持参した五百両を黙って置いて行け。さもなくば、ただでは済まぬぞ」

異形の男は冷ややかな声でいった。信兵衛が文史郎の後ろから浪人たちに怒鳴った。

「おぬしら、娘のお由比とお咲きを返せ。返してくれれば、こんな金、くれてやる」

「ああ、あの女たちは、あとでわしらが頂くことになっている」

「なんだと。約束が違うではないか」

信兵衛は悲痛な声で浪人たちを詰《なじ》った。

浪人たちはせせら笑った。

信兵衛は五百両の金子の包みをしっかりと胸に抱えた。

左衛門は信兵衛を背に庇い、刀の柄に手をかけた。

文史郎は浪人たちに怒鳴るようにいった。

「おぬしら、誰に頼まれた？」

異形の男は刀の柄に手をかけたまま、冷たい声でいった。

「それを訊いてどうする？」

残りの三人の浪人たちは、三方から文史郎を囲み、一斉に刀に手をかけた。

「卯吉か？」

浪人たちは顔を見合わせて笑った。

「そうか、卯吉から頼まれたのだな？」

「だったら、どうする？」

異形の男は口元を歪めて笑った。

「やはりそうか。卯吉から金を貰ったか？」

「おまえらが五百両の金子を担いでやって来ると聞いた。だから、金はおまえらから頂く」

「金はやってもいい。お由比とお咲きの二人を返してもらおう」

「いやだね。卯吉は、あの娘と女は女郎屋へ売り飛ばそうが、慰みものにしようが、わしらの勝手にしていいといった」

文史郎はふつふつと怒りが湧くのを覚えた。

信兵衛が怒鳴った。

「卯吉、なんて悪党なんだ」

「おのれ、卯吉め」

左衛門も怒りの声を上げた。

許せぬ、と文史郎も心の中で思った。だが、気持ちを鎮《しず》めて、異形の男にいった。

「もう一度いう。お由比とお咲きの二人を返せ。返してくれれば、金は置いて行く」

「金は黙って置いて行け。女たちを返してほしくば、刀で来い」

「……止むを得ぬ」

文史郎は刀の柄に手をかけた。

「おぬし、それがしに勝てるかな」

異形の男は、柄に手をかけたまま、ずり足で間合いを詰めて来る。

凄まじい殺気が文史郎に襲いかかった。

異形の男は、居合いを使う。

それも並みの腕ではない。おそらく、大勢の人を斬っている。こいつの軀からは、死臭が放たれている。

一瞬で勝負は決まる。逃げようはない。避けようもない。

斬るか、斬られるか。

文史郎は大刀の鯉口を切った。

月明かりが弱々しくなった。また雲が張り出して来て、三日月が隠れはじめている。

異形の男は姿勢を低くして、じりじりと間合いを詰める。足下の砂利がかすかに擦れる音がする。男の軀は微動だにしないかに見えるのだが、足だけがほんの一分一厘刻みで進んでくる。

異形の男の殺気が見る見る大きく膨らみ、文史郎を圧倒しはじめた。文史郎は丹田《たんでん》に気を集め、異形の男の気に対抗した。

間合い、一足一刀《いっそくいっとう》。

月の光がふっと陰った。

来る、と文史郎は感じた。相手の気の動きに、文史郎の軀が本能的に応じて動いた。

一閃。

刀身の鈍い光がきらめくのが見えた。

文史郎は一瞬早く刀を抜き、中段から男の胸を斬り上げた。斬り上げた刀を返し、振り向きざまに上段から、袈裟懸けに男の左肩から斬り下ろした。

心形刀流居合い、胡蝶返し。

刀の刃が男の肉もろとも肋骨、ついで背骨も斬り裂いた。男の胸から血潮が噴き上がった。文史郎の顔に生温かい血がかかった。

男は無言のまま、文史郎と背中合わせになって立った。と思った瞬間、男は最後の力を振り絞り、軀を回転させ、軀に密着させた大刀で、文史郎を撫で斬りしようとした。

文史郎は飛び退き、男の胴を刀で抜いた。

異形の男はくるくると回転して、その場にばったりと倒れ込んだ。

文史郎は残心しながら、ほかの三人の浪人の攻撃に備えた。

「来るか」

二人の立ち会いの凄まじさを見ていた三人は、度肝を抜かれたらしく、いきなり一人が抜き身の刀を手にしながら、あとも見ずあたふたと逃げ出した。

残った二人も、互いに顔を見合わせ、踵《きびす》を返し、逃げた男のあとを追って駆けはじめた。

文史郎はふっと息を抜き、足許に倒れた異形の男に屈み込んだ。瀕死の浪人は血を吐きながらも、まだ生きていた。

止《とど》めを刺す。武士の作法だ。

文史郎は刀の切っ先を浪人の左胸にあてた。

「し、心形刀流と見た……」

男は苦しそうに息を弾ませた。

「しかり。おぬしは宮田流居合い術だな。いい腕だった」

「冥土の土産に、おぬしの名を聞かせくだされ」

「大館文史郎だ」

異形の男は口元を歪めて笑った。

「おぬしに……斬られたのは本望でござる」

「娘たちは、どこに？」

「……船、船だ」

「おぬしの名は？」

「…………」

男はごくりと喉を鳴らし、目を見開いたまま、がっくりと頭を垂れた。

「殿、さすがでございますな」

左衛門が駆け寄った。信兵衛は異形の男の斬殺死体を見て、激しく嘔吐を始めた。

僧坊から修行僧や小僧が恐る恐る出て来た。

文史郎は懐紙を取り出し、刀の血糊を丁寧に拭い落とし、腰の鞘に納めた。

「爺、行くぞ。近くの掘割か川に浮かんでいる船を探せ」

文史郎は山門の参道を駆けて行こうとした。

行く手の山門から玉吉の声が上がった。

「殿、殿、二人を助け出しましたぞ」

文史郎はほっとして聞き返した。

「玉吉、どこにおった？」

「屋根船の中に、お二人は縛られて転がされておりました」

「そうか」

文史郎は異形の男を振り向いた。やつも最期に正直に娘たちの居場所を教えようとしたのだった。

再び雲間から出た三日月の光が地上を照らしていた。

玉吉といっしょに二人の女の姿が見えた。月明りに、お由比とお咲きの姿がおぼろに浮き上がった。

「お由比、無事だったか。お由比」

信兵衛が金子の包みを放り出して、お由比に駆け寄った。

「お父様」

お由比の声が信兵衛の声と重なった。

文史郎はお由比とお咲きに歩み寄った。

「お咲き、無事だったか」

「はい。ありがとうございます。剣客相談人様」

お咲きは深々と頭を下げて礼をいった。

「まだ事がすべて終わったわけではない。爺、玉吉、店へ帰るぞ。信兵衛、お咲きやお由比もいっしょに来い。おぬしたちに、事の真相を見せてやろう」

文史郎は腰の刀を押さえながら走り出した。

――間に合ってくれればいいが。

文史郎は掘割の船着き場に止めてある猪牙舟へと急いだ。

八

猪牙舟は深夜の日本橋の掘割を進み、大野屋の店の近くにある船着き場に着いた。

やや遅れて信兵衛や左衛門が二人掛かりで櫓を漕ぐ屋根船がついて来る。

文史郎は、玉吉が棹を使って猪牙舟を桟橋に横付けする前に、岸に飛び移り、すぐさま通りを駆けた。

大野屋の店先は静まり返っていた。ただ、店先に篝火《かがりび》が何本か焚《た》かれ、炎が火の粉を吹き上げていた。

着流しに羽織を着た町方役人や捕り方たちの姿が、篝火の明かりに照らされて浮かび上がった。

文史郎はおっとり刀で店へ駆けつけた。

店は戸が堅く閉じられ、通用口しか開いてなかった。

通用口の前に屯《たむろ》していた捕り方たちが、慌てて文史郎に刺股《さすまた》や突棒《つくぼう》をかざし、行く手を阻んだ。

「止まれ止まれ！」

「何者だ！」

「大野屋を守る相談人だ！　通せ」

文史郎は店内の番頭たちに聞こえるように、大声を出した。

案の定、店の通用口から、小番頭の留吉の顔が覗いた。

「ああ、剣客相談人様、ありがとうございます」

「ああ、殿、お帰りなさい」

留吉の背後から、同心の小島啓伍が顔を出して、捕り方たちに通路を開けるように命じた。

文史郎は捕り方たちの間を抜けて、店の中に足を踏み入れた。

店内は大捕り物があったらしく、反物や商品が散乱していた。それらを番頭をはじめ、手代、丁稚、女中、下女が片づけていた。

「やっぱり、襲われたか」

小島啓伍は何もいわず、文史郎を裏庭へ促した。

「昨夜、殿たちがいた離れに幽霊が出ましてね。丁稚、手代、番頭たちが大騒ぎをし、いったん納まって静かになったのですが、そのどさくさに紛れて、実は十数人の無頼漢が塀を乗り越えて密かに侵入し、蔵破りをしようとしたのです」

「やはり、そうだったか」

「ところが、どっこい、どこかに隠れていた剣客相談人の大門さんが飛び出して来て、十数人の盗賊相手に大暴れ。たちまち、天秤棒で、七、八人を叩きのめしてしまったのです」

「な、なんだって、大門が駆けつけただと」

「はいっ。さすが剣客相談人だけのことはあると、奉行所の与力、捕り方、みな感心していました」

「で、いま大門は、いずこに？」

「殿、まあ裏手の蔵の方へ」

小島啓伍に案内されて、裏手の蔵の前に出ると、そこに十数人の盗賊たちが後ろ手に縛り上げられ、数珠繋ぎになって、座らされていた。

周囲を突棒や提灯を手にした捕り方たちが取り囲んでいる。役人たちが、捕えた盗賊たちの一人一人を尋問しているところだった。

大番頭の藤吉や中番頭の吉助たちが一塊になって役人たちと話をしている。その近くにお福と黒髭の大門の姿があった。

お福は文史郎に気づいて、大声で「お帰りなさいませ」と叫んで、駆け寄った。

「お嬢様とお咲きは？」

「無事だ。すぐあとから来る」

「ああ、よかった」

お福はへなへなとその場に座り込んだ。

藤吉たちが一斉に文史郎に頭を下げて、お帰りなさい、といった。

「大門、いったい、どうして、こんなことになったのだ？」

文史郎は並ばされた盗賊たちを見回した。

「いや、それがしだけの手柄ではない。ここの大番頭の藤吉さんや中番頭、小番頭、手代の梅吉、それにお福さんらみんなが力を合わせて、彼らに立ち向かったから、捕まえることができた。それがし一人の力ではない」

お福が横から口を出した。

「いえいえ、この大門さんが飛び込んで来て、天秤棒を摑むと、はっしはっし、あたるを幸い、こいつらをみな打ちのめし、叩きのめしたんですよ」

「お福どの、おぬしも心張り棒で何人かを叩きのめしておったではないか」

大門は頭を撫でながらいった。

「大門、いったい、どこへ隠れておったのだ?」

「殿、いろいろ複雑な事情があってな、殿たちに迷惑をかけると思い、しばらく身を潜めておったのだ。訳を訊くのは、いまは勘弁してほしい。今後、どうしたらいいか、殿に相談に乗ってもらおうとしていたところだ」

「わかった。訳はあとで訊く。それにしても、どうして、盗賊が蔵を襲うと、よく分かったな。わしらは、間に合わないかと焦っていたところだ」

「いったい、どちらへ行っていたのです?」

文史郎は卯吉の策謀にひっかかり、谷中の寺におびき出されていたことを話した。

「そうでしたか。そうとも知らず、それがしは、殿が裏の離れにいると聞かされておったので、店の裏手に回り、離れを訪ねようとしたのだ。そうしたら、幽霊騒ぎが起きた」

大門は生け垣から離れの様子を見ていたら、廊下の方から、白い着物姿の女の幽霊が現れ、離れに入った。

それを見た丁稚や手代が「幽霊が出たあ」と騒ぎだし、たちまち大騒動になった。大騒ぎの最中、蔵の方に忍び込む大勢の盗賊を見付けた。彼らは蔵を開け、中に積まれていた千両箱を庭に運び出した。

「そこに、拙者が裏の庭に駆けつけて、大立ち回りになった。その結果、拙者も後れ馳せながら、剣客相談人の職責を果たすことになった次第ですな」

「いや、大事なときに、おぬしがここにいてくれて助かった。それがしたちは、まんまと遠くへおびき出されてしまったからのう。今度ばかりは大門に感謝感謝だ。ありがとう」

文史郎は頭を下げた。大門は頭をぼりぼりと掻いた。

「やあ、怪我の功名ですかな」

「ところで現れた幽霊というのは？」

「あのお為という女中が白い着物を着て、幽霊になりすましたそうです」

同心の小島啓伍が十手で、台所の前を指した。そこには、白い着物を着た女中が後ろ手に縛られて、しょんぼりと座らされていた。最初に離れへお茶を運んできてくれた女中だった。

「あのお為という女中は卯吉から金を貰って、幽霊に扮したということでした。まさか、こんな事件になるとは知らなかったといってます。一味の手先にさせられて驚いているようです」

小島啓伍が文史郎にいった。

背後からばたばたと走る足音が聞こえた。左衛門を先頭にして、信兵衛、お由比、お咲きが駆け込んできた。

「おお、大門殿ではないですか」

左衛門が大声をかけた。信兵衛も肩で大きく息をしている。

「まあ、お嬢様」お福が両手を広げた。

「お福さん」お由比がお福に駆け寄った。

「ご心配をおかけして」お咲きが続いた。

「お嬢様、お咲きさん、よくぞご無事で。婆やは、もう心配で心配で……」

お福は感極まり、お由比とお咲きに抱きついて涙をこぼした。三人で泣いている。

文史郎はほっとして、大門、左衛門と顔を見合わせた。

「文史郎様、ちょっと」

同心の小島啓伍が頃合を見計らって声をかけた。

「一応、一味の検分が終わりました。首謀者と話をしますか?」

「うむ」

小島は文史郎たちを案内して、数珠繋ぎになって、うなだれた盗賊たちの前を歩いた。

「こやつら、みな水夫くずれか、博打場の荒くれ連中です。なかには島帰りもいました」

盗賊たちは顔が腫れ上がったり、額や頭に大きなこぶを作っていた。大門の姿を見ると、みな身を小さくしている。

「大門、こやつらをだいぶ可愛がってやったみたいだな」

文史郎は苦笑した。大門は頭を掻いていた。

居並んだ一味の一番奥に黒装束姿の男が、不貞腐《ふてくさ》れた態度で胡座をかいていた。

卯吉だった。卯吉もほかの盗賊同様、後ろ手に縛り上げられていた。

卯吉は顔を隠していた頭巾を剝ぎ取られていた。切れ長の目の役者のような整った顔をしていた。

「やはり、卯吉、おまえだったか」

文史郎は卯吉の前に立った。卯吉は目を逸《そ》らした。

「おまえには、危うく拙者も騙されるところだった。おまえの出自は、信兵衛から聞いた。おまえ、根っからひねくれた男だな。可哀想なやつだ」

「なんでえ。剣客相談人とやらのサムライか。下手な説教ならやめてくれい。おいらはとっくに覚悟はできていらあ。煮て食おうが、焼いて食おうが、どうとでもしろやい」

　卯吉は芝居がかった啖呵を切った。

　信兵衛が卯吉の前にしゃがみ込んだ。

「卯吉、おまえというやつは、なんという亡八《ぼうはち》なのだ。そんなに先代だった親父さんが憎いか」

「…………」

「先代が、どんなにおまえのことを心配していたか、まだ分からないのか」

「そんなこと知るかい。おれに親なんかいねえ。女郎に子供なんか孕ませやがって、それが親かえ。女郎の子がどんなつれえ目にあったか知りやしめえ」

「卯吉、おまえの母さんのこと、先代がどんなに思っていたか知るまい」

「……知らねえな。おっかあは、親父を恨んで首吊って死んだんだ。おいらは、おっかさんの恨みを晴らすために、これまで生きてきたようなもんだ」

「おまえのおっかさんは、先代を恨んで死んだんじゃない。先代がおっかさんを廓から請け出すためなら、大野屋の暖簾を捨ててもいい、と言い出した。おまえのおっかさんはありがたがった。先代にそんなことをさせまいとして、首を吊ったんだ。先代のためを思って、自分さえいなければ、とな」

「…………」

「それで、先代はおまえを廓から引き取り、手許に置いて、まっとうな生き方をさせようとした。おまえは、おっかさんの忘れ形見だったから、なんでもおまえの好きなようにさせた。それがかえって裏目に出て、おまえを駄目にしてしまった。さぞ、おまえのおっかさんも先代も天国で辛い思いをしているだろうよ」

「……おれは根っからの悪《わる》だぜ。どうせ、獄門に送られる身だ。いまさら、お説教されても改心のしようもねえ」

卯吉は整った顔に自ら を蔑《さげす》むような笑みを浮かべた。

「父さん、私にも一言いわせて」

後ろからお由比が出て、卯吉の前に立った。

「へ、お由比かい。どうやら、女郎屋に売り飛ばされずに済んだようだな」

卯吉はせせら笑った。

「あんたは、そういう男だったのね」

「いまごろ気づくとは遅せえなあ。おいらはな、幸せそうに、ぬくぬくと育ったおめえのような娘を見ると、打ち壊して泥足で踏みにじりたくなるんだ。そんな男に惚れたのが、おめえの運の悪いところだぜ。すぐに他人を信じちゃあいけねえ。今後は気をつけるんだな」

「卯吉、ありがとう。ほんとうに勉強になったわ。これがお礼よ」

お由比はいきなり右手で卯吉の頰を思いきり張った。小気味いい音が鳴り響いた。

卯吉は頰を張られ、にやっと笑った。

「気が済んだかい。お嬢さん」

「ああ、さっぱりした」

お由比はさばさばした顔で立ち上がった。

「私も」

お咲きが卯吉に歩み寄り、拳を上げた。卯吉は覚悟して目を瞑った。

「ふん、はたいたら、手が汚れるわ」

お咲きは吐き捨てるようにいい、お由比の背を押して、その場を離れた。

「さあ、そのくらいでいいですかな。では一同、引き立てい！」

小島啓伍が捕り手たちに命じた。

卯吉たち盗賊一味は、捕り手たちに縄を引き上げられ、立ち上がった。

盗賊たちは、捕り手たちに引かれて、ぞろぞろと店の表の方に歩いて行く。最後に卯吉が小島啓伍に引き立てられて歩き出した。

「あばよ。相談人、世話になっ……」

卯吉は文史郎をあざ笑うようにいいながら、ふと途中で顔を強《こわ》ばらせた。卯吉の視線は文史郎の後ろに向かい、凍りついていた。

文史郎は卯吉の視線を辿って振り向いた。

離れと母屋を繋ぐ渡り廊下に、白い女の影が立っていた。

文史郎ははっとして目を凝らした。女の影は月明りの中で、すーっと闇に溶けるように消えた。

文史郎は視線を卯吉に戻した。卯吉は歩きながら、あわわわと口を震わせていた。

「きりきり歩め」

小島啓伍が卯吉を後ろからどやしつけた。

文史郎は隣の大門に囁いた。

「見たろう？」

「何をですかな？」

「爺は？」

「なんです？」

左衛門もなんの話か分からないようだった。

甚兵衛もお由比も、お咲きやお福も、引き立てられる盗賊たちの列を見送っていた。

文史郎はもう一度渡り廊下を見た。そこには、ただ暗がりがあるだけだった。

第三話　乱れ髪 残心剣

一

文史郎と大門、左衛門の三人は朝早くから湯屋の前に並んで開くのを待った。

湯屋が開くと、すぐさま三人は一番風呂に入り、昨夜の血や土埃の汚れを洗い流した。湯殿の湯はまだ新しく、清くて肌を刺すように硬く、熱い。

江戸っ子の大工や職人たちは、そんな熱くて硬い湯にざんぶりと飛び込み、一呼吸も経たぬうちに気合いもろとも、威勢よく飛び出していく。

「あらよッ」

湯は熱ければ熱いほどいいと思っているのだ。鴉《からす》の行水《ぎょうずい》とは、まさに江戸っ子の粋な湯の浸かり方。

――なんて忙しい湯の楽しみなんだろう？

文史郎は湯上がりの水を躯にかけ、熱を冷やしながら、那須の田舎で温《ぬる》めの温泉にゆっくりと浸かって楽しむ湯を懐かしく思うのだった。

「殿、お背中を流しましょうか？」

左衛門が文史郎にいった。

「おう、爺、ひさしぶりに頼もうかのう」

左衛門は文史郎の肩に手をかけ、糠袋《ぬかぶくろ》を背中に擦り付けた。

大門はと見ると、片隅で一人黙々と、剛毛が生えた腕や胸、腹を糠袋で擦っていた。

大工や職人たちの一団は、わいわい騒ぎながら、さっさと上がって行ってしまった。入れ替わるように、別の職人たちがほとんど尻も洗わず、大声で騒ぎながら湯殿に飛び込んで湯をまき散らした。

「賑やかでいいが、もそっとゆっくり入らないかのう」

「あの人たちは、気が短いから。ぐずぐずしているのを見ると、じれったくて、やっていられないんでしょ」

「人生、いろいろ。もっとゆっくり生活を楽しんだらいいのにのう」

文史郎は左衛門に背中を擦られながら、目を細めた。

「大門殿も、背中を流しましょうか」

左衛門は大門にも声をかけた。

「いやあ、拙者は結構結構」

大門は毛むくじゃらな軀を小さくして手を振った。

「大門、遠慮するな。爺、余はもういいぞ。大門の背中を流してやれ。あいつ、背中まで手が届かぬから、結構汚れておろう」

左衛門は文史郎の背中に桶の湯をかけ、洗い流した。

「そうでござろうな。ま、大門殿、遠慮なさらずに。そうしょっちゅうあるわけではないのでな」

左衛門はにやにや笑いながら大門の大きな背中ににじり寄り、桶の湯で洗った糠袋で洗いはじめた。

「おおお、くすぐったい。やめてくれ、左衛門殿」

大門は子供のように身を捩《よじ》って騒いだ。

「さあ、そんな恥ずかしがらずに」

「…………」

突然、左衛門は糠袋を擦る手を止めた。

大門の左脇腹の毛を分けた。そこには斜めに斬られた生々しい刀傷があった。切り傷は深く脇腹から臍の付近まで延びている。

「ああ、それは昔に、ちょっとしたことで、こさえた古傷でな。あまり自慢のできる話ではないので聴かないでほしい」

大門は照れたように笑った。

さっき入ったばかりの職人たちは、湯殿から出て、早くも手拭いで軀を拭いはじめていた。

二

湯上がりで、酒を一杯と思ったが、まだ朝の一番湯の帰り道である。

通りすがりの居酒屋や蕎麦屋が開いているはずもない。

三人は風呂上がりの火照《ほて》った軀を持て余すかのように、爽やかな春の風を受けながら、長屋への帰り道をのんびりと歩いた。

ただ大門だけは落ち着かず、絶えず路地や大通りを行き交う侍の姿を気にしていた。それればかりか、黒髭を隠すように手拭いを頬っ被りしているので、余計に目立っている。

「爺、あの水茶屋に寄って行こうか」

文史郎はアサリ河岸近くに開店したばかりの水茶屋を顎で差した。

「あ、評判のきれいな娘がいる水茶屋ですな。いいでしょう、大野屋の件では、権兵衛殿から、だいぶ報酬がいただけそうだから」

左衛門の言葉に、文史郎と大門は早速に水茶屋の暖簾を潜って店内へ足を踏み入れた。

「いらっしゃーいませ」

甲高く黄色い声が三人を出迎えた。

店は奥まであり、開いた障子戸の間から、掘割の水辺が見える。

文史郎は一番奥の桟敷に座った。

すぐに看板娘の評判が高い可愛い娘が、盆にお茶の湯飲み茶碗を持って現れた。

いつもなら、真っ先に名乗りを上げる大門がぼんやりと考え事をしている様子だった。

さすが、店内では手拭いの頬っ被りをやめていた。

「大門、そろそろ、我々に何があったのか、を話してくれてもいいのではないかの」

文史郎は娘が去ったあとでいった。

「そうですよ。大門殿。遠慮することはない」

「いやあ、まったく無関係な殿や左衛門殿にご迷惑をおかけしかねないので、内緒にしておったのですが」

大門は頭を掻いた。

「もう、余も爺も、とっくに迷惑を蒙っておる」

「はあ?」

「おぬしが出奔して、姿を見せなくなった日の夕方、風呂から帰ってきたところ、黒装束の一団に待ち伏せを食らった」

「黒装束の一団ですか?」

「うむ。その一団の頭の第一声は、大門はどこだ？　だったからな」

「そうでしたか。それは申し訳なかった」

大門は頭を下げた。

「あの頭、かなりの遣い手と見た。柳生新陰流ではないかと思うたがな」

「…………」

大門は腕を組み、熊のように唸った。

「あやつら、いったい何者なのだ？」

「思うに、裏柳生では」

「何、なぜ、裏柳生衆がおぬしを狙うのだ？」

「話せば長くなります」

「構わないぞ、どうせ、わしらは暇だ。いくらでも大門の話を聞く暇があるぞ」

「どこから話したらいいのか、迷うのでござる」

「かなり、込み入った話のようだな」

「はい。ですから、殿の方から、何か疑問を出していただければ話しやすいのですが」

文史郎は左衛門と顔を見合わせた。

「では、まず大川に上がった男女ふたりの死体だ。あの二人のこと、大門は存じておったのだろう？」

「はい。それで、これはまずい、とまずは知人のところを訪ね、事情を探ったのです」

「二人は何者だったのだ？」

大門は周囲を見回し、用心深くいった。

「殺された侍は、それがしと同じ藩にいた男だ。道場では、それがしの弟子《でし》だった」

「大門、おぬし、どこの藩におったのだ？」

「水戸でござる」

「なに、常陸《ひたち》水戸藩だというのか？」

「さよう」

大門は憮然としていった。

左衛門が素っ頓狂な声を上げた。

「おやまあ驚きましたな。大門殿は、西国のさる大藩の元藩士だったといっていたではないですか」

「……あれは嘘でござった」

「そうでしょうな。いくら在府が長いといっても、大門殿の言葉遣いは、西国の言葉ではない。関東だと思っておりました」

「西国といっておけば、遠いので、誰も詮索しない、と思ってのことでした。済まぬ」

「それにしても、なんだ、常陸水戸藩三十五万石の藩士だったとは」

「おかしいですかな?」

　大門は顔をしかめた。

「いや、正直いって、大門殿の話は信じておりませんでしたな。いまも、本当かな、と思っているくらい。ま、ある殿様も、小藩なのに、さる大藩の元藩主と法螺《ほら》を吹いていましたからのう」

「爺、それは余のことかの」

　文史郎は爺の物言いに、少々傷ついた気分だった。

　那須川藩はたしかに一万八千石でしかない。だが、我が気位は、決して水戸藩のそれに負けるものではない。

「殿、まあ、そんなに気になさらずに、藩の大小が、その人の値打ちを決めるものではありませぬので」

「それはそうだ」

　文史郎は、また少しばかり機嫌を直していった。

　大門も大きくうなずいた。

「おっしゃる通りです。見かけはでかいが、人も藩論もばらばら、内部は派閥争いで、しょっちゅう揉めている。お陰で藩士は藩論が揺れる度に、あっちに付き、こっちに付きと落ち着かないことはなはだしい。小さな藩の方が藩主を中心に、ほどよくまとまっているものでござろう」

「うむ。大門のいう通りだ」

文史郎は我が意を得たりとうなずいた。

だが、その小藩とて、お世継ぎの問題や殖産興業、農政改革などになると、あれこれ揉めるのだから、大藩ともなると、さぞ大騒ぎになるのだろう、と文史郎は推測するのだった。

「それで、殺された若侍の名は？」

「榊原大膳《さかきばらだいぜん》。近習組にいたはず」

「忠助親分が聞き込んだ話では、山城市兵衛という素浪人だという話だったが」

「それは偽名です」

「偽名か。では、榊原大膳という侍は脱藩し、身許を隠すために偽名を名乗っていたというのか？」

「おそらく」

「大門、おぬしのその名も偽名なのか？」

「いえ、それがしは脱藩したが、逃げも隠れもしない。追う者がいたらいたでいい。

本名は捨てるわけにいかぬと大門の名を、そのまま使っています」

　文史郎はうなずいた。

「ところで、おぬしの弟子といっておったが、おぬしの太刀筋は、たしか神道無念《しんとうむねん》流《りゅう》と見たが」

「さすが、殿様。鋭い。しかし、いまは違います」

「いまは違うだと？」

「はい。自己流ではありますが、無手勝《むてかつ》流《りゅう》でござる」

　大門は頭を掻いた。

「無手勝流か。で、その極意は？」

「活人剣《かつじんけん》です」

「なるほど。そういえば、大門、おぬし、人を殺しておらぬものな。いつも刀より、杖や棒、天秤棒で相手を叩き伏せている」

「剣で人を斬るのは、どうも苦手でござって。それで無手勝流となった次第です」

　文史郎は訊いた。

「相対死を装って、一緒に殺された美女も、大門は存じておったのだな？」

「はい。一応」

「何者だ?」

「藩の奥付きの腰元、お美津殿」

「武家の娘だったというのか? 遺体を見た限りは、町娘のようだったが」

「きっと事情があって町娘に扮していたのだと思います」

「忠助親分が聞き込んだ話では、女は山城のご新造で、名はお美津ということだったが。確かに名前は一致しておるがの」

「…………」

大門は黙った。

左衛門が訊いた。

「大門殿は、その榊原大膳とご新造のお美津が、いったい、誰に、なぜ、殺されたのか知っていたのですか?」

「いや、それが分からないので、それがしは、調べていたのです」

「で、何か分かったのかね?」

「そこが、いま一つ分からないことがあるのです」

大門は腕組みをし、考え込んだ。文史郎は疑問をぶつけた。

「そもそも、大門とあの榊原大膳との間柄は、同門の兄弟弟子《でし》ということ以外に、何があったのかね」

大門は長くて深い溜め息をついた。

「実は、それがしと、あの榊原は、ある藩命を受けて、さる御仁を斬ったことがあるのです」

「上意討ちか？」

「そうです。それで斬りたくない相手を斬った。それ以来、それがしは、もう二度と人斬りはしたくない、と脱藩したのです」

「で、斬った相手は？」

「戸田勝間《とだかつま》殿。藩要路の一人で、それがしの許嫁《いいなずけ》の父親でした」

大門は頭を垂れたままいった。

「なるほど。そういうことだったのか」

文史郎は大門の心中を思い、言葉が出なかった。

左衛門が無神経にも訊いた。

「おぬしの許嫁はいかがなされたのだ？」

「爺、そんなことを訊くのは酷というものではないか」

「ですが、それが肝腎な話かもしれませんぞ」

左衛門は珍しく文史郎に抗弁した。

「左衛門殿のいう通りかもしれません。もちろんのこと、戸田家への婿入りの話はなしということになりました」

「そうか。婿養子の縁組みだったのか」

「はい。許嫁の戸田家は閉門、お取り潰し。それがしは許嫁だった媛《ひめ》から激しく詰《なじ》られました。戸田勝間は、義父となるはずの親、なぜに、上意討ちを命じられたときに、御家老に抗議して止めさせなかったか、と」

「おぬしも、許嫁の媛も、気の毒にのう」

「しかし、いまとなっては、あのとき、いくら藩命だといわれても、なぜに、義父ともなる戸田勝間殿を斬ってしまったのか悔いが残るばかりなのです」

「孝ならんと欲すれば忠ならず。忠ならんと欲すれば孝ならず、か」

文史郎は唸った。左衛門がなおも訊いた。

「そのとき、おぬしといっしょに行ったのが、榊原というわけですな。つまり、榊原が見届け人ということですかな」

「実は、上意討ちを命じられたのは榊原で、それがしが見届け人だったのです。だが、榊原は、いざ戸田勝間殿と向きあったら、軀が震えて、どうしても斬りつけることができなかった」

「それで、見届け人として、戸田勝間を斬らざるを得なくなったというわけか」

「それはそうなのですが、戸田勝間殿は、上意討ちと知ると、覚悟を決め、どうせ斬られるなら、義理の息子のそれがしに討たれたいといったのです」

文史郎は、大門と義理の父となる戸田勝間のやりとりが目に浮かぶようだった。大門の辛さがよく分かる。

「で、斬った」

「しかり。せめて苦しませぬよう一太刀で」

「なるほど」

左衛門がしつこく訊いた。

「御家老へは、大門が討ったことを伏せて、榊原大膳が戸田勝間を討ったと報告したのでござろうな？」

「さよう」

「そうでないと、榊原大膳が恥をかくことになるものな」

「…………」

「だが、許嫁になる媛には、自分が斬ったと、ほんとうのことをいった。それで、許嫁から、なぜやめなかったのか、と泣いて詰《なじ》られた」

「さようでござった」

「それだけで済んだとは思えぬが」

「……許嫁に斬りつけられました」

文史郎はふと思いあたった。

「そうか。もしかして、おぬしの脇腹の刀傷は、そのとき、許嫁に斬られた傷ではないか?」

「……ようお分かりで。それがし、じっと媛に刺されて、死ぬつもりでしたが、媛は家来たちに取り押さえられた。それがしも医者にかけられて、一命を取り留めた。いまも、媛の悔しさ、悲しさがいかほどのものかを思うとしくしく傷が疼《うず》くのです」

大門は脇腹をさすった。

「その後、おぬしは藩を脱藩したのだな」

「さようでござる」

「上意討ちを榊原大膳に命じた家老は、その後、どうなった?」

「藩主斉昭《なりあき》様の覚えよく、いまも執政の一員をなさっておられるはず」

「では、許嫁だった媛のその後は?」

「戸田家は取り潰されたものの、媛は藩でも一、二を争う美貌の持ち主だったので、引く手あまた、いまは、ある要路の息子の許へ嫁入りしたとのことです」

左衛門はなおも訊いた。

「今度の榊原大膳が殺されたことに、もしかして、その許嫁だった媛は関係しているかもしれませんな？」

「どのように？」

大門が訝《いぶか》った。左衛門はいった。

「嫁に行った先で、亭主を焚き付け、親の仇を討たせたとか」

文史郎はうなずいた。

「なるほど。しかし、榊原大膳は藩命があって、戸田勝間を討ったのだからな。上意討ちの場合、上意討ちをした人間を恨んで仇を討つことは許されない。そうでないと、復讐につぐ復讐となる」

文史郎は気を取り直した。

「それに戸田勝間を斬ったのは、大門だったのだから、元許嫁が討たせたとは、ちと思いにくいのう」

左衛門がなおも訊いた。

「ところで、もう一方の、お美津だが、なぜ、殺されたのか、おぬし、ほんとに心当たりはないのか？」

大門は首を捻った。

「ないですな」

「お美津は、どんな腰元だったのだ？」

「それがしが知っているお美津は、側室お定《さだ》の方《かた》付きで、もともとは町道場の師範の娘でした。美貌ゆえに道場でも評判となり、道場に通う藩士たちの憧れの的でした」

「すると、榊原大膳が、並み居る門弟の中から、指南役の御眼鏡にかなって、夫婦になったということかのう？」

文史郎は推理した。大門は口籠った。

「そうかもしれませんが……」

「なんだというのだ？」

「美津殿に目をつけたのは、藩主の斉昭様で、奥女中に召し上げたと聞いていたのですが」

文史郎は腕組みをし、宙を睨んだ。

「ほんとうに複雑だのう。その美津が、どういう経緯で榊原大膳といっしょに暮らすようになり、なぜ、殺されるに至ったのか、だのう」

左衛門が続けた。

「そして、なぜ、大門殿が何者かに狙われているのか、ですなあ」

「………」

大門は黙った。

「殿、どうしますか？」

「このまま黙って見ているわけにはいくまいて」

文史郎は腕組みをしながらいった。

「お侍さま、お茶のお代わりはいかがですか？」

不意に可愛らしい声がかかった。いつの間にか、茶店の看板娘が文史郎たちに微笑んでいた。

「おう、一杯ずつ、みな貰おうか」

文史郎は思わず、頰を緩めて、娘に返事をしていた。

左衛門がやれやれという顔で頭を振った。

三

謎めいた事件の糸口は、意外に向こうの方から、やって来るものだ。

その日の午後、文史郎たちは三人打ち揃って、口入れ屋の権兵衛のところへ出かけた。すると、権兵衛から幽霊退治の仕事の日当とは別に、大野屋信兵衛から特別謝礼が出たといわれ、四十五両もの大枚を受け取った。

四十五両とは大野屋信兵衛にしては妙に半端な切りの悪い金額だな、と思ったら、案の定、権兵衛が仲介手数料として、五十両から五両も抜いていたのだった。

「うちは良心的なので、たったの一割しか引きませんが、ほかの口入れ屋へ行ってごらんなさい。仲介手数料を二割三割、ひどいところは四割五割も取るのですから。悪徳口入れ屋になると、こうした謝礼は黙って自分の懐へ仕舞って知らん顔ですからねえ。まったくひどいものです」

権兵衛に立て板に水に、口上をまくしたてられると、ずっしりと重い大金を懐に入れたばかりなので、文史郎はその気にさせられてしまう。

「それはひどい口入れ屋だのう」

つい文史郎はいってしまった。爺が呆れた顔で、文史郎の脇腹を肘で突っついた。

「ね、そうでしょう。三丁先の河内屋《かわち》さんなんか、ともかく、ひどいんですよ。……」

権兵衛は調子に乗って、ますます冗舌になり、競争相手の口入れ屋のあることないことを織りまぜて悪口をまくしたて、文史郎たちを煙に巻いてしまうのだった。

店の手代が「お客様が……」と権兵衛を呼びに来るまで、権兵衛のお喋りは一方的に続いた。

「ああ、忙しい忙しい。みなさんは、まあ、お茶でも召し上がって、ゆっくりして行ってください。どうせ暇なんでしょうから」

権兵衛は女中に大声でいった。

「お茶を持ってきて差し上げなさい。ほんとに気が利かないんだから」

「はーい。いつもの粗茶ですか？」

奥から顔を出した丸顔の女中がにっと笑う。

いつもながらに可愛げのない娘だ。

「なんでもいいから、お茶を差し上げて」

「はーい」

権兵衛は手代といっしょにあたふたと本業の呉服屋の店先に引き揚げて行った。文史郎たちはほっと一息ついた。

「まるで台風一過だのう」

「殿が、あのように乗せてしまったのがいかんのですぞ」

と左衛門。大門はいつになく心ここにあらずという顔をして、むっつりとしていた。

――大門は、こうして物静かに黙していると、意外にどっしりとした冷静沈着な大《たい》人《じん》に見えて威厳があるのう。

文史郎は内心感心した。

丸顔の女中が運んできて、文史郎たちの前に湯飲み茶碗を置いた。なんと温泉饅頭もついている。

「おおお」

文史郎と左衛門は思わず声を上げた。甘党でもある大門もようやく笑顔になった。

「いつもの粗茶ですが、どうぞ」

番茶のいい香りがした。番茶も出ばなは香ばしい。娘はにこっと笑い、引き揚げて行く。

今度は天女のような笑顔に見えた。

文史郎は鼻で番茶の匂いを嗅ぎながら茶を啜る。

「本日は、特別の扱いですかな」

左衛門も満更《まんざら》でもない顔で番茶を啜った。大門はさっそく饅頭を頬張っていた。

「御免、権兵衛殿はおるかな」

そこへ南町奉行所の同心小島啓伍がぶらりと顔を出した。

「おう、お殿様、こちらにいらしたですか。それに大門さんも。いま探していたところです」

小島啓伍の後ろから、目明しの忠助親分と末松が顔を揃えていた。

「ちょうどいいところへ来た。ま、座ってくれ」

文史郎と左衛門は上がり框に掛けた腰を大門の方にずらし、三人分の席を空けた。

左衛門が大声でいった。

「お女中、済まぬが、茶をあと三人分、所望できぬか。新しい客が来たのでな」

「はーい。ただいま」

台所からさっきの娘の朗らかな声が返った。

「お女中、どうか、お構いなく」

小島は遠慮したが、早速に上がり框に腰を下ろした。忠助親分と末松も、遠慮がちに上がり框の隅に座った。

「早速ですが、大門さん、あなたを探しておられる娘御というか、ともあれ、そういう方がおったのです」

小島が話を切り出した。大門は怪訝な顔をした。

「娘御ですと？」

「はい。まあ娘御というか……」

小島啓伍は妙に奥歯に何かが挟まったような物言いをした。

「それがしたちが、忠助親分と、殺された山城市兵衛とその御新造のお美津さんが住んでいた浅草蔵前町の勝兵衛裏店へ調べに出かけたのです。何か遺品で手がかりはないか、と思いましてね。すると、そこへ、その娘御というか女若衆というか、ともあれ訪ねてきたのです」

大門は重い口を開いた。

「小島殿、その山城市兵衛は偽名で、本名は榊原大膳と申す者だった」

「その娘御からも、そうお聞きしました。なんでも殺された榊原大膳は、その娘御の兄者だと申してましたから」

「なに、お美世《みよ》殿が来られたというのか」

大門の顔が急に明るくなった。

「はい。二人の遺体は、無縁仏として墓地に葬ってしまいましたので、一応、その娘御を墓所に案内し、お花とお線香を上げたのです。その後、娘御は、それがしたちに、兄者の縁者でもある大門甚兵衛という浪人者を探し出してもらえないか、と言い出したのです」

「ふむ」

「髭の大門さんなら、拙者も存じていると申したら、娘御はたいへんに驚いてらして、これも兄者が計らってくれた、何かの縁なのでしょう、とおっしゃった」

「で、お美世殿は、いまどちらに？」

大門は話を遮り、腰を浮かせた。

「それがしたちが、さっそくに安兵衛裏店へ案内しましたが、大門さんも、お殿様もお留守だったので、先ほど、浅草蔵前町の勝兵衛裏店へ戻って行かれました」

「なんと、入れ違いでござったか。小島殿、来たばかりのところで済まぬが、早速にそれがしを、その勝兵衛裏店へ連れて行ってくれまいか。お美世殿に、ぜひ、会って、事件の顚末《てんまつ》を聞かせてもらいたいのだ」

「分かりました。末松、悪いがひとっ走りして、猪牙舟を一艘仕立ててくれ」

「合点でさあ。じゃあひと足お先に」

文史郎が慌てて末松を呼び止めた。

「我々も行く。二艘にしてくれ」

「合点でさあ」

末松は尻っ端折りして、店を飛び出して行った。

「はい、粗茶をどうぞ」

丸顔の娘が笑顔で、また湯飲みと饅頭を載せた盆を運んできた。

小島と忠助親分は恐縮して、茶を飲んだ。

大門は置いてあった饅頭を摑み、さっと懐へ入れた。

「お女中、世話をかけた。これは駄賃だ」

懐から一分銀を取り出し、娘の手に握らせた。

「あらまあ、大門さま、いつも済みません」

丸顔の娘は健康そうな白い歯を見せて、大門に頭を下げた。

「大門、いつも、とはどういうことだ？」

文史郎は呆気に取られ、左衛門と顔を見合わせた。

「まあまあ。さあ、小島殿、親分、案内を頼むぞ」

大門は照れたように笑い、そそくさと立ち上がって、外に出て行った。

四

忠助親分と末松を案内人にして、文史郎たちは浅草蔵前町の賑やかな通りに足を進めた。

「ところで、大門、訊くのを忘れたが、しばらくおぬし、姿を消していたな。どこへ、隠れておったのだ？」

「実は、あの二人の亡骸を見て、すっかり動転してしまい、それがしの古い知り合い宅に転がり込み、事情を訊き回ったのでござる」

「その知り合いは、今回の事件に何か関係がある人なのかね」

「それがしのあとに水戸を脱藩した浪人者でしてな。昔からの付き合いでした。名は新藤紀之輔《しんどうのりのすけ》と申す者です。女房と二人暮らしの貧乏浪人で、いまは内神田で、学生を集めて私塾をやっております。頭の切れる男でしてな」

「学者か」

「はい。新藤は水戸学の藤田東湖《ふじたとうこ》先生に一目《いちもく》も二目も置かれた秀才でしてな。しかし、それがし同様、故あって、脱藩せざるを得なかった」

「なるほど」

「新藤は藩の事情に多少明るかったもので、話を聞きに行ったのですが。新藤も、なぜ、榊原大膳が脱藩し、お美津殿といっしょにおり、誰に殺されたのかは分からないと申しておりました。その男の長屋に、どういうことで分かったのか、玉吉がやって来て、殿たちがそれがしを探す何者かたちに襲われた、と聞いた。それがしのために、ご迷惑をおかけしている、と慌てて、大野屋へ顔を出した次第でした」

「そうか」

「着きましたぜ」

忠助親分と末松が、文史郎たちを振り返りながら、繁華街の路地に入った。その先に裏店の木戸があった。

「まだ、居てくれればいいのだが」

小島が首を捻りながら文史郎にいった。

「小島、おぬし、さっきから娘御というか、女若衆とか、奥歯に物が挟まったような言い方をしておるが、なぜだ？」

「ははは。いまに分かります」

小島はにやにやと笑った。

子供たちの一団が、喊声を上げて、文史郎たちの脇を擦り抜けて行った。狭い路地の奥では、女の子たちが手毬をついている。

安兵衛長屋と変らぬ光景に、文史郎は思わず頰が緩んだ。

忠助親分と末松が、奥から二軒手前の長屋の油障子戸を開け、中にいる人と何やら話していた。

「お美世殿！」

大門が部屋の出入り口に駆け寄った。

中から小袖に袴姿の若侍が飛び出した。

「大門さま」

若侍は奇麗に前髪を結い、後ろに長い髪を垂らした若衆姿の娘だった。腰に脇差を差している。

大門は若衆姿の娘の前にぺたんと座り込んでしまった。

「お久しうござる」

大門は低く頭を垂れて挨拶をした。

「大門さま……」

若侍姿の娘は、大門の黒髭姿に絶句し、その場に立ち尽くしていた。

まるで浮世絵から抜け出たような若衆姿の娘に、文史郎と左衛門は呆気に取られて見惚れていた。

五

美世は、きちんと整理整頓された部屋の畳に正座し、文史郎や大門、左衛門に対した。上がり框には、小島啓伍が腰を掛けていた。

髭面の大門は、いまはすっかり落ち着きを取り戻していた。

文史郎は、どこか艶のある若武者姿の美世を眺めた。

「美世殿は、いまどちらにお住まいですかのう?」

「それがし、大伯父の道場に寄せていただき、剣の修行をさせていただいております」

美世は胸を張り、男言葉で答えた。少しも気負いがなく、淡々としているので、ほんとうに若侍が話しているかのように聞こえた。

「どちらの道場ですかな」

「神楽坂《かぐらざか》の津田《つだ》道場でござる」

「ほう。で、流派は何かな？」

「天道流《てんどうりゅう》でござる」

左衛門が脇から水を差した。

「殿、そんな身許調べなんかはあとにして、肝腎のお話を伺わねば」

「うむ。それはそうなのだが……」

文史郎はあとの言葉を飲み込んだ。

女だてらにといっては悪いが、どうして、このような美形の娘が、武骨な剣の道に、わざわざ入って来るのだ？

もっと華道やら舞踊、茶道、お琴など、女らしい作法を習う道もあるではないか、と文史郎は思うのだった。

剣の道とは、所詮、いかに相手に勝つか、つまり、相手を殺す技を極める血腥《なまぐさ》い道だ。剣技を磨くのは、いかに、手際よく人を斬ることができるかの修行だ。

剣技を磨くことは誰でもできる。だが、それでは、ただの畜生剣であり、殺人剣になる。強いだけでは、だめなのだ。

その磨いた危険な剣技を、やたらに他人に使わぬため、いずれの剣聖も、同時に心の修行を説いた。心技一体になって初めて、剣は道になる。人を活かす活人剣になる。やたら他人を斬らぬ自制こそ、大切なことであり、その自制を得ることが修行でもある。

はたして、そのことを、この麗《うるわ》し過ぎる女剣士は分かっているのだろうか？

――活人剣を志す大門なら、それがしの思いを、きっと分かってくれると思うのだが……。

文史郎は、美世が美しいがゆえに、余計に気になるのだった。

美世は、そんな文史郎の危惧を知ってか知らずか、無表情な面持ちで、大門にいった。

「大門殿、どうか、それがしにお力をお貸しくだされ。なんとしても、兄者と義姉上《あねうえ》の仇を討ちたいと思います」

「榊原大膳とお美津殿は、誰に殺されたというのか？」

大門は面食らった。美世は静かな口調でいった。

「兄者たちは、家老の館善太郎義昌《たてぜんたろうよしまさ》の陰謀により、謀殺されたのです」

「なに、館義昌様の陰謀だと？」

大門が驚いた。

「それがしも榊原大膳も館義昌様から言い渡された藩命により、戸田勝間様を上意討ちしたのだぞ」

「最近の話ですが、その戸田家が復興されたのです。当時の執政の判断は誤りだったとされ、戸田勝間様の名誉が回復されたのです。それにより、戸田家の縁戚にあたる方が、養子となり、正式に戸田家の家督を継いだ」

「間違いだった？　それは戸田家の方々にはめでたいことだろうが、それがしたちが、戸田勝間様を討ったことはどうなるのだ？」

大門は蒼白になり、髭面を歪めた。

大門は、藩命だったとはいえ、それに従って、いずれ義父ともなるはずだった人を殺してしまった悔恨を、いまさらながらに味わっている様子だった。

「執政の判断の誤りだっただけでは済まされまい」

大門は怒りを抑えた声でいった。

文史郎はうなずきながら訊いた。

「館義昌殿は、いま何をなさっておる？」

「それがしが、国許にいたころは、家老職にありましたが、いまは、藩主斉昭様の信頼篤く、お留守居次席として江戸屋敷に居ります。現在のお留守居役相馬多聞《そうまたもん》様が隠退なされば、次は館善太郎義昌がお留守居役になりましょうぞ」

「ううむ」

大門は腕組みをし、考え込んだ。

文史郎が大門にそっと尋ねた。

「話の半分はおおよそ分かったが、おぬしが上意討ちした戸田勝間と、その館義昌とやらは、どういう関係だったのかの？」

大門は深い溜め息をついた。

「戸田勝間様は、中老として藩政改革に辣腕《らつわん》を揮《ふる》っておられたのです。いずれ、藩主斉昭様から、家老に取り立てられるだろう、ともっぱらの評判だったのです」

大門は思い出し、思い出し、話を始めた。

当時、中老は四人おり、執政の家老たちの手足となって先頭に立って藩政を行なっていた。

四人のうち、抜きんでて藩主斉昭の覚えのよかった中老が戸田勝間と館善太郎義昌の二人だった。

戸田勝間は殖産興業に力を発揮し、領内に桑の木畑をたくさん造成して生糸を生産したり、砂金を採掘して、藩財政を潤した。

対するに館善太郎義昌は農業に力を入れ、山野を開墾して新田開発事業を行ない、米の生産を増やし、藩財政を支えた。

いずれ、二人は将来、家老職につくことが約束されているようなものだったが、藩内における権力争いに巻き込まれた。

藩政改革派と保守派の対立である。藩政改革派は、主に過激な改革を求める下士たちが中心だったが、保守派は旧来の秩序を尊重する上士たちが多かった。

大門と榊原大膳は、ともに上士の出身ではあるが、考え方としては、藩主斉昭の考え方に近い藩政改革派に与《くみ》していた。

戸田勝間は藩政改革派の下士たちから絶大なる支持を得ていた。対する館善太郎義昌は同じ藩政改革派でも穏健派に与し、保守派の家老たちが密かに応援していた。

そうした藩内の対立に、火に油を注いだのが、幕府との関係であった。

幕府は斉昭が藩主になり、大胆な藩政改革を断行したことを称え、一時は水戸藩の改革を見習えと全国の藩に呼びかけたこともあるほどだった。

ところが、頻繁に外国船が日本近海に現れるようになり、藩主斉昭が国防を訴え、さらに藤田東湖らの学者を擁して、激烈な尊王攘夷《そんのうじょうい》論を主張するようになってから、次第に幕府との関係がぎくしゃくしはじめた。

水戸藩内では、幕府との間を大事にしようという保守佐幕派と、尊皇佐幕ではあるが、攘夷を訴える急進派の対立も生まれていた。

要するに、藩論は百出、さまざまな派閥が結成され、他派追い落としに血道《ちみち》を上げ、藩内各派は四分五裂状態になっていた。

そうした中、人々の間で、噂に上がったのが、中老戸田勝間による贈賄疑惑だった。

当時、大門と榊原大膳は、筆頭家老　橘右近《たちばなうこん》の下で近習組を勤めていたのだが、ある日、家老の橘右近と中老の館善太郎義昌に密かに呼び出された。

そこで、家老の橘右近から直々《じきじき》に、今後は次期家老の中老で大目付の館義昌に忠義を尽くすよう命じられた。

そのころ、大門と榊原大膳は、藩道場の四天王の二人となっていた。その腕を買われたのだった。

ちなみに、四天王のあとの二人は斉昭の護衛として近習組に召し上げられている。

当時、大門は戸田勝間の娘、園《その》の婿養子に入ることがほぼ決まっていた。

そんな折、大門と榊原大膳は、中老館義昌に呼び出された。中老館義昌は、二人に戸田勝間を討つよう密命を下した。

大門は義父ともなる戸田勝間を討つことなど、己にはできないと固辞したが、藩主斉昭様の上意である、といわれた。

藩士として上意に従わねば、反逆罪に問われ、切腹は免れない。

館義昌は、個人的には、戸田勝間を討つのは忍びないが、上意である以上、自分もそれを実行せねばならず、不本意窮まりないと苦渋の決定であることを明言した。

しかし、もし、戸田勝間を捕まえ、執政会議で汚職の証拠を開陳すれば、その波紋は大きく、さらに大勢の執政を処分せざるを得なくなる。

もし、戸田勝間が汚職疑惑に居直り、汚職は自分だけではない、とお上に訴えれば、それこそ水戸藩を根底から覆すような大問題になり、延《ひ》いて幕府も介入してくるだろう。

そうなれば、藩主斉昭様の進退問題にもなり、水戸藩は御三家ではあるが、お取り潰し、ないしは改易転封という前代未聞の事態にもなりかねない。

この際、戸田勝間一人に汚名を着せるのは忍びないが、水戸藩三十五万石のため、最小限の犠牲者に留めて事を収めたい。

館義昌の切々たる説得に、大門と榊原大膳は、最後には密命を引き受けることにしたのだった。

館義昌は、大門が戸田勝間の娘婿に入ることを知っており、せめてもの配慮として、戸田勝間を討つ係は榊原大膳とした。大門は見届け人として立ち合うように命じたのだった。

大門は、なぜ、己が選ばれたのか、そのとき、よく分かった。

戸田勝間は、すでに上意の密命が出たことを、家老の誰からか聞かされており、警戒して、身辺を護衛で固めていたのだった。

その戸田勝間に近づくには、義理の息子になる大門が最適任だったからだ。

一方の榊原大膳も、戸田勝間の信が篤かった。榊原大膳の父親榊原道膳《どうぜん》は、生前、戸田勝間の腹心として生糸売買のために、商人たちとの交渉にあたっていた。

その道膳の忘れ形見の大膳は、戸田勝間にとって身内みたいなものだった。しかも、大膳の元服の際、烏帽子親《えぼしおや》となり、後見人も引き受けていたからだ。

だから、上意は大門にとっても、榊原大膳にとっても過酷な仕打ちの命令だった。

それゆえ、榊原大膳は、いざ己の後見人である戸田勝間を前にして、斬ることができず、見届け人の大門が戸田勝間を斬るしかなかったのだった。覚悟を決めた戸田勝間も、また大門に斬られるのを望んだこともある。

大門は話を終え、頭《こうべ》を垂れた。

「……むごい話だな」

文史郎は大門と榊原大膳の心中を思い、心から同情した。

「それも運命《さだめ》というものでしょう。それがしは、戸田家とは、所詮、こうした形でしか縁がなかったのですからな」

大門は自嘲的にいった。

「それで、おぬしは水戸藩が嫌になり、脱藩したのか？」

「侍であることが嫌になりました」

「そうか。それがしも、分からぬでもないな。で、榊原大膳殿は、どうして脱藩されたのかな？　大門と違い、すぐには脱藩されなかったようだったが」

「はい。兄は、その後、筆頭家老の橘右近様に引き立てられ、側用人《そばようにん》となりました。そして、しばらく勤めておりましたが、去年春に、突然出奔したまま帰らず脱藩してしまったのです。理由は訊いても教えてくれませんでした」

文史郎は左衛門と顔を見合わせた。左衛門がかわって訊いた。

「兄者とお美津さんとの出会いは、どうなっておるのだね？　兄者はお父上道膳殿が亡くなったあと、家督を継いだのだろう？　そのとき、独り者だったのかね？」

「……兄には許嫁《いいなずけ》がおりました。藩士坂井東之介《さかいとうのすけ》様の次女お浜《はま》様です。でも、あの上意討ちをきっかけに、お浜様との婚約を破棄し、しばらくして、腰元のお美津様と出奔したのです」

「ふうむ。なるほど」

「兄者とお美津様の出会いは、元藩指南役をされていた佐々木左内《ささきさない》様の道場でのこと。お美津様は、佐々木左内様の長女で、兄者が江戸詰めの間、通っていたので、そのうちに知り合ったようです」

「ほう。そうだったのか」

「斉昭様は無類の女好きで、折あらば、お気に入りの女子を藩邸に召し上げておられた。お美津様も、美しいという噂をお聞きになった斉昭様が側室のお付として、まずは召し上げたものでした」

「なるほど」

文史郎は顎を撫でた。

「ある日、その美津様に斉昭様から夜の御伽《とぎ》を務めるようにといわれたのですが、お断わりし、逃げ込んだ先が側用人の兄の許だったらしいのです。それ以来、兄と行き来があったということでした」

「そうよのう。嫌な殿の夜の御伽など、誰ができますかねえ」

左衛門はさもありなんという顔で文史郎を見た。文史郎はむっとしたが、あえて顔にも出さず、左衛門を無視した。

　文史郎は尋ねた。

「一家の主、榊原大膳殿が脱藩したあと、榊原家はどうなったのかね？」

「残されたのは、母とそれがしの二人だったのですが、御家断絶。屋敷も追い出されてしまいました。母はまもなく親戚の家で病気で亡くなりました。それがしは、それを機に、江戸へ来て、父道膳の兄にあたる津田大志《つだだいし》伯父の家に身を寄せ、天道流の剣を修行しながら、今日に至ったのです」

「おぬしは、脱藩した大膳殿と行き来があったのかね」

「はい。ある日、兄から、密かに、ここ浅草蔵前町の勝兵衛裏店で暮らしているから心配せぬように、という手紙が届いたのです」

「それで、おぬしは、ここへ出入りしておったのだな」

「はい。さようにございます」

「お美津さんも勝手に水戸藩を逃げたのだろうね」

「おそらく」

「お父上の許に、なぜ、戻らなかったのかのう」

「お美津様が、お父上佐々木左内様の了承も得ず、勝手に兄といっしょに暮らすようになったことに、たいへん立腹なされて、お美津様を勘当してしまったと聞いています」

美世は顔を俯かせた。白いうなじが艶やかだった。

文史郎は美世に目を奪われた。脇から左衛門が肘で突っついた。

「殿、鼻の下が……」

「爺、うるさいな。こんなときに不謹慎な」

「どちらが不謹慎ですか」

左衛門は小声で詰《なじ》った。

美世が顔を上げ、怪訝な顔をした。

「何か？」

「いや、ちと、疑念があっての」

文史郎は慌てて言い繕《つくろ》った。

「お美津さんは、殺されたとき、町娘のような格好をされておったのでな。どうしてかな、と思うたのだ」

「……兄は傘貼りの内職や、人夫仕事をして糊口を濡らしておりましたが、それだけでは、二人の生活はやっていけず、お美津様は町娘の姿をして、浅草の水茶屋へ働きに出ていたのです」

「ほう。そうだろうのう。浪人は見かけと大違い、生活がたいへんだからのう」

文史郎は自らの素浪人生活を思った。

「剣客相談人」とて、いまはともかく暮らせるだけの収入があるが、看板を掲げた当初しばらくは開店閉業の状態だった。そのときの貧しさを思い出したのだ。

上げ膳据え膳の贅沢三昧の生活から、一挙に貧乏長屋の暮らしに落ちたのだから、貧乏の辛さはよく分かる。

榊原大膳も、それまでの水戸藩士の安泰な生活から、一挙になんの収入もない貧乏生活に飛び込み、おそらく途方に暮れたに違いない。

「兄も悩んでいた様子でした。一月《ひとつき》ほど前のこと。兄に会ったら、兄はいつまでも美津を、水茶屋のような店で働かせていては、武士の面目が立たぬと言い出したのです」

「何かあったのか？」左衛門は訝った。

「お美津様が仲居として働く水茶屋へ、水戸藩の藩士たちが遊びに来て、お美津様を見初《みそ》め、遊女まがいに金で買おうとしたと聞きました。お美津様は笑っていなし、相手にしなかったそうです。ところが、相手はかえって本気になり、毎日のように水茶屋のお美津様のところへ通うようになったそうなのです」

「よくある話だ。男は女にのぼせると、後先考えずに、足繁く女の許に通うようになるからな」

文史郎はうなずいた。左衛門がじろりと文史郎を眺めたが何もいわなかった。

「それで、兄はお美津様に店を辞めさせるといっておりました。お美津様が、でも、自分が店を辞めたら明日からの生活をどうするのか、と兄を詰ると、兄は、いまになんとかする。自分には考えがある、と申していたのです」

「兄者は何か、よからぬことを考えたのではあるまいな」

文史郎は美世を傷つけないように、遠回しにいった。

人間、切羽詰《せっぱつま》るととんでもない悪事を働くことがある。文史郎はそれを恐れたのだった。

「確かに」

「お美世殿は、どうして、そう思った？」

大門が心配そうに訊いた。

「実は、兄は、こんなことをいっていたのです」

美世は周りを見回し、声をひそめた。

「兄が筆頭家老の橘右近様の側用人となって働いていた折、橘様から、しかるべき書類を書庫から探して持ってくるようにいわれ、探しているうちに、ふと手文庫にあった密書を目にしたのだそうです」

「密書？」大門は訝った。

「はい。館善太郎義昌から、御家老に宛てた密書だったとのこと。それで兄は咄嗟に、その密書を懐ろに隠し、書庫から持ち出したそうなのです」

「その密書には、何が書かれてあったというのだ？」大門が訊いた。

「兄は私には何もいいませんでした。ただ、兄は密書を読み、大門様とそれがしは、まんまと館義昌の陰謀にはめられたことが分かった、と悔しがっておりました」

大門は文史郎と顔を見合わせた。

「それがしと榊原大膳がはめられただと？　どういうことだ？」

「兄は、おまえは知らぬ方がいい、と教えてくれなかったのです」

「ううむ」大門は頭を振った。

「兄は大門様に連絡を取ろうとしたそうですが、大門様はすでに脱藩されたあと。兄は、藩に見切りをつけ、お美津さまと連れだって出奔し、脱藩してしまったのです」

「なるほど」文史郎はうなずいた。

「兄に考えがある、といったのは、その密書を内緒で持っていたからです。兄は、次期留守居役になろうとしている館義昌に、その密書の写しを送りつけ、脅して大金をせしめようといっていました。そうでもしないと、とうてい腹の虫が収まらないと」

「そうとうひどい陰謀が密書に書かれてあったのだな。大門、どうだ、何か心あたりはないのか？」

文史郎は大門に向いた。大門は考え込んだ。

「榊原大膳とそれがしが、館義昌様から命じられた上意討ちのことでないかと。それ以外は思い当たらないですな」

美世は続けた。

「密書の写しを送りつけられた館義昌は、おそらく金を出すかわりに、配下の者に命じて、兄とお美津様を捕え、密書を取り上げて、二人を殺《あや》めたに違いありません」

「それで館義昌が兄者たちを殺させたというのか」

文史郎はいった。美世はうなずいた。

「はい」

文史郎は同心の小島啓伍を振り向いた。

「おぬし、町方役人として、どう見た？」

小島は同心として、これまでたくさんの犯罪を検分してきた。榊原大膳とお美津の遺体も検分している。

「そうですな。いくつか、気になるところがあります。館義昌が配下の者に二人を殺させたというには、まだ早計ですな」

「では、ほかに、いったい、誰が兄たちを殺したというのですか」

美世はむきになっていった。

怒った顔の美世も、なかなかいいな、と文史郎は思いながら、美世を宥めた。

「まあまあ、美世殿、あまりむきにならんと。小島も館義昌ではない、とはいっておらんのだから」

「は、はい」美世は座り直した。

左衛門が文史郎にかわって訊いた。

「小島殿、ほかに、何か気づいたことはあるのかね」

「そうですな。お美津殿の遺体には、喉に紐を巻いて絞めた跡がありました。それだけでなく、軀のあちらこちらに殴った跡や傷跡があり、手足の指の爪を剝いだりした跡がありました。どこかで拷問を受けたのではないかと思われます」

「おのれ、なんてことをするのだ」

大門は呻いた。

「一方の榊原大膳殿はあまり傷はありませんでした。おそらく下手人たちは大膳殿の目の前で、お美津殿を責めたのでしょう。男にとって、その方が苦痛が大きいはず」

美世は拳を握りしめ、唇を噛んだ。文史郎と左衛門は腕組みをし、目を瞑って、お美津と榊原大膳の無念さを思った。

「しかし、榊原大膳は最期まで密書のありかを吐かなかったと思われます」

「なぜ、そう思う？」

「それがしたちが、忠助親分や末松と、この長屋へ駆けつけたとき、部屋は足の踏み場もないほど荒らされていました。近所の長屋の住民たちに訊くと、昨日のこと、大勢の侍たちがやって来て、部屋を荒らして行ったということです。しかも、侍たちは『どこにもないぞ』『どこかへ隠したのだ』などと言い合いながら引き揚げて行ったそうです」

「なるほど」

文史郎は部屋を見回した。天井板まで外された痕跡がある。おそらく侍たちは畳や板の間の板まで上げて調べたのだろう。

小島は美世に訊いた。

「お美世殿、この部屋を片づけていたとき、密書は見当たらなかったですかな」

「ええ。密書のようなものは見当たりませんでしたね」

美世は頭を左右に振った。大門は唸った。

「では、いったい榊原大膳は密書をどこへ隠したのだろうか？」

小島はいった。

「もしかして、誰か信頼ができる者に預けたのかもしれません。友人とか、親兄弟とか。榊原大膳殿とお美津さんの身近な人を調べる必要がありそうですな」

いつの間にか、西陽が陰り、長屋に薄暮が迫っていた。

「おう、だいぶ暗くなったな」

「行灯に火を入れましょう」

「あ、それがしが」美世が立とうとした。

「まあまあ、美世殿は、そのまま話を続けて、爺がやりましょう」

左衛門が台所へ立ち、竈で火を熾《おこ》しはじめた。

そのとき、薄暗くなった表の小路で、何やら騒がしくなった。油障子戸ががらりと開き、外にいた忠助親分と末松が顔を見せた。

「小島の旦那、ちょっと」

二人ともぶるぶると震え、怯えた顔をし、しきりに後ろを振り向いていた。

「いったい、どうした？」

小島は怪訝な顔をした。

「ゆ、幽霊が……」

忠助親分が後ろを振り向いた。

「なに、また幽霊が出たというのか？」

文史郎は背筋がぞくっとするのを感じた。

日ごろ、幽霊など信じない文史郎だったが、大野屋で確かに白い女の幽霊を見たばかりだったからだ。

忠助親分と末松が軀を退け、戸口を空けた。

薄暗がりから、着物姿の女が入って来た。

「お美津殿……」

大門が一目見て、叫ぶようにいった。

美世も目を丸くしている。小島啓伍も思わず立ち上がったまま凍りついていた。

「いったい、これは何事です？」

凛とした女の声が響いた。そこには、紛れもなく死んだはずのお美津が立っていた。

胸高に締めた帯に懐剣を差している。

「お、お美津殿は死んだはずでは」

大門がうろたえていった。

「私は美津ではありません。妹の早苗《さなえ》です」

「……妹？　美津殿ではなかったのか」

文史郎はほっとした。まるで死体のお美津が生き返ったかのように一瞬思ったが、よくよく見ると、生きているだけあって、早苗の方が表情が豊かだった。

「あなたたちは、姉たちの留守に、いったいここで何をなさっているのですか？　姉夫婦は、どこへ行ったのです？」

早苗は矢継ぎ早に文史郎や大門に質問を浴びせた。

六

行灯が部屋を淡く照らしていた。あたりはすっかり暗くなり、長屋の住人の話し声や赤子の泣き声、夫婦喧嘩などのざわめきが薄い壁越しに伝わってくる。

話がすべて終わると、早苗はさめざめと泣き、大粒の涙をこぼした。

文史郎たちは黙って、早苗が泣きやむのを待った。

しきりに美世が早苗の背を撫で、世話をしていた。

やがて、早苗は美世から受け取った手拭いで頰の涙を拭い、きりりとした顔を文史郎に向けた。

「取り乱しまして、失礼をいたしました。お詫びを申し上げます」

早苗は文史郎たちに深々と頭を下げた。

文史郎はみなを代表して謝った。

「いや、こちらこそ、妹さんとは知らず、たいへん失礼いたした」

美世が早苗に尋ねた。

「お美津様からは、妹の早苗様がいることを伺ってはいました。でも、お美津様に、こんな瓜二つとは思いませんでした」

「双子だったのかね？」

「はい。姉と私は双子の姉妹です。よく姉の美津に間違われます」

「それにしても、美しい姉妹だのう」

「殿、……」

「爺、分かっておる。ところで、お父上は榊原大膳といっしょに暮らしはじめた美津殿を怒って勘当されたとか」

「そうなのです。父は本当に頑固一徹で、一度言い出したら、私たちのいうことに耳を貸さないのです。母も、だいぶ困っておりました。母が亡くなって、さらに父は頑固になったように思います」

「では、お美津殿は水戸藩から出奔したあと、お家には帰れなかったのですな」

「姉は一度帰ったのですが、うちの頑固親父と激しく言い合い、結局、勘当されたということもあって、二度と実家へ来ていません」

大門ががっかりした声を上げた。

「そうでしたか。では、だめでしょうな」

「なんのことですの？」

「お父上に勘当されては、美津殿も実家には帰りにくく、密書なんぞ預けなかったでしょうな」

「父と私は別です。父が勘当して縁を切ったといっても、私にとっての姉は姉。姉妹の間柄を切るわけではありませぬ。だから、私は父に内緒で、ときどき、様子を窺いに、こちらへ参っていたのです。そういえば、実は旦那様の榊原大膳様から、内緒で預かっておいてほしい物があると、布に包んだ書状らしいものを預かったことがあります」

「それだ」「密書だ」

文史郎だけでなく、大門も左衛門も美世も一斉に早苗に詰め寄った。

「その包みを、いまお持ちではないだろうね」

大門が尋ねた。早苗は頭を左右に振った。

「……私の箪笥に隠してあります」

「その包み、それがしたちに、渡してもらえまいか」

「いいですよ。でも、一つだけ条件があります」

早苗は文史郎に向き直った。その目は真剣だった。

「どんな条件かな？」

「私は、姉美津の敵《かたき》を討ちたいのです。ぜひとも、私を仇討ちに加えていただきたいのです」

「おぬし、剣は使えるのか？」

「はい。女だてらですが夕雲流《せきうん》を少々」

早苗は恥じ入るようにいった。

「ほほう、夕雲流か。これは珍しい」

夕雲流は、正式には無住心剣流といわれ、深遠な奥義を持つ流派だった。文史郎も若いころ、夕雲流の指南を受けたことがある。

「どうぞ、この早苗殿の願い、お聞き届けいただけませぬか、それがしからもお願い仕ります」

美世が頭を下げた。早苗もしとやかに手をついて文史郎に一礼した。

七

文史郎は小島啓伍たちに、美世と早苗を送るように頼んだ。

小島も忠助親分も喜んで送るのを引き受けてくれた。

美世と早苗たちを乗せた猪牙舟の提灯が、暗い掘割に遠ざかるのを見送り、文史郎は大門、左衛門と連れ立って道を歩き出した。

「二人とも、そろって美形な娘たちだったのう」

文史郎は美世と早苗の顔姿、起居振る舞いを思い出した。

「それにしても、あの二人を相手する殿の楽しそうだったこと。最近では滅多にありませなんだな」

「そういう爺も、結構、にやけておったではないか？」

「そうですかの？　大門殿は？」

文史郎と左衛門は遅れがちな大門に目をやった。

大門は腕組みをし、暗がりの中を無言で歩んでくる。

文史郎は、ふと首筋にちりちりする視線を感じた。どこからか誰かに見張られている。

背後の暗がりを見たが、人影はなかった。

掘割の岸沿いの道端に、夜鳴き蕎麦屋の屋台があった。行灯の火が点り、ほんのりと蕎麦の匂いが漂ってくる。

「爺、舟で帰る前に、蕎麦屋へ寄っていかんか。ちと腹が減った」

「そうですな。これから長屋へ帰って飯を炊くのも面倒ですな」

文史郎は大門に声をかけた。

「大門、蕎麦でも食おう。ついでに一杯、酒をつけてもらおうではないか」

文史郎は屋台の暖簾を上げて、長椅子に腰を下ろした。

「蕎麦屋、三人だ。寄せてもらうぞ」

「へい、いらっしゃい」

蕎麦屋の爺さんが愛想よく文史郎たちを迎えた。左衛門と大門がのっそりと文史郎の左右に座った。

「亭主、かけを三杯、それに熱燗を頼む」

「へ、まいど」

爺さんは釜に蕎麦を入れ、文史郎たちの前に御新香の皿とぐい呑みを並べ、湯に浸けてあったチロリを置いた。

左衛門はチロリの酒を、三人のぐい呑みに注ぎながら、大門に訊いた。

「大門殿、どうしました？　いつになく寡黙ですの」

「殿、どうやら、薄汚いねずみどもがつけている模様ですな」

大門が囁いた。文史郎はちらりと背後の闇に目をやった。

「おぬしも気づいていたか？　どこからつけられた？」

「勝兵衛裏店を出たころからずっとです」

大門は盃の酒をぐびりと飲み干した。

左衛門が大門と文史郎にいった。

「なぜ、お二人とも、もっと早くに爺にもいうてくれなんだ？」

「まだ、われらをつけているのか、それとも、同じ方角へ行く者たちなのか、判断がつかなかった。いま、後ろの陰で、我々をじっと窺っている。明らかにわしらを付け狙っておりますな」

「何人いると思う？」

「三、四人というところですか？」

「殿、いかがいたします？」

左衛門がぐい呑みをあけた。

「すぐには来る気配はないな」

「そうですな」

「へい、お待ちどうさん」

屋台の亭主が蕎麦の入ったどんぶりを、文史郎たちの前に並べた。

「まずは、腹ごしらえしてからだ」

文史郎はぐい呑みの酒を干した。蕎麦を箸で摘まみ上げ、勢い良く蕎麦を啜り出した。

「同感」

大門も左衛門も音を立てながら蕎麦を啜った。

三人とも、またたく間にかけ蕎麦を腹に収め、チロリの酒を分け合って飲み干した。

「亭主、勘定だ」

左衛門が懐から財布を出し、小銭を台の上に並べて置いた。

三人は高らかに談笑しながら、河岸沿いの道を歩んだ。月明りに道がぼんやりと浮かび上がっている。

三人は稲荷神社にさしかかった。

神社の鳥居の前を過ぎると蔵に突き当たり、道は右に曲がる。

角を曲がった先、道は二手に分かれていた。そのまま境内に沿って進む真っ直ぐの道と、すぐに左に折れて蔵の前を通る小路だ。真っ直ぐ進めば、浅草蔵前の賑やかな商店街の大通りになる。

三人は鳥居を過ぎたところで、文史郎の合図でいきなり走り出した。

角を右に曲がると、文史郎と左衛門は大門と分かれ、蔵の前の暗い小路に飛び込んだ。大門は真っ直ぐの道を駆け、境内の裏手に回って暗がりに姿を消した。

小路に飛び込んだ文史郎と左衛門は火消し用の大きな桶の陰に身を隠した。

はたして、四人の人影がばたばたと追って来た。

影たちは大通りに抜ける道に、文史郎たちの姿が見当たらないと分かると、蔵の前の小路に走り込んだ。

文史郎と左衛門は桶の陰から、さっと姿を現し、影たちの前に立ち塞がった。

「おぬしら、それがしたちに何か用か？」

「…………」

四人の影は飛び退き、じりじりと後退をしはじめた。

後ろの暗がりから、大門の黒い影が現れ、両手を拡げた。大音声でいった。

「さあ、おぬしら、もう逃げられぬぞ」

「…………」

四人は一斉に刀を抜いた。月明りに刀身が鈍く光った。

いきなり、四人は大門に斬りかかった。大門は巧みに体《たい》を躱していたが、ついに堪り兼ね、大刀を抜いた。

二人が左右から、同時に斬りかかった。

大門は、すかさず一人の侍の胴を抜き、返す刀でもう一人の胴も抜いた。二人は声もなく、その場に崩れ落ちた。

「峰打ちだ。死んではおらぬ」

大門は残る二人の侍に刀を正眼に構えた。

残った二人は、蔵の前に追いつめられ、なおも大門に刀を向けた。

「おぬしら、それがしが狙いか」

「…………」二人は無言だった。

「何者だ？」

「…………」

二人は答えなかった。

「大門、待て。新たな敵が来る」

文史郎は静かにいい、刀の柄に手をかけた。

左衛門も文史郎の背後を護るように立った。

稲荷神社の境内から、ばらばらっと新たな影が走り出た。

激しい殺気が押し寄せてくる。先の四人よりも剣気が強い。

影たちが、一斉に刀を抜いた。新たな影は、十数人。いずれも手練らしく文史郎と向かいあっても、間合いを十分に取り、すぐにはかかって来ない。

だが、文史郎を圧倒するような殺気を放っていた。

こやつら、出来る。

文史郎も思わず刀の鯉口を切った。

「もう一度、尋ねる。おぬしら、何者だ？」

文史郎は刀の柄を握りながら訊いた。

「問答無用、その二人を返してもらおう」

文史郎の前の侍が低い声でいった。

月明りにも、その侍は月代や身なりがきちんとしているのが分かる。

「どこの家中の者だ？」

「問答無用」

侍は脅しのかかった声でいった。

その声を合図に、文史郎に左右から二つの影が襲いかかった。

文史郎は抜き打ちで、右からかかって来た侍の刀を打ち払い、返す刀で左からかかって来る侍の刀を切り落とした。鋭い刃音が響き、火花が飛んだ。

文史郎は体を回し、右からかかって侍の胴を峰打ちで叩いた。ついで左から斬りかかった侍の首筋へ刀をぴたりと寸止めで当てた。

「動けば斬るぞ」

文史郎は刀を当てたままいった。侍は観念し、膝をついた。左衛門が駆け寄り、その侍を押さえ込んだ。

「行け」

大門は蔵の前に追いつめた二人を逃がした。

二人は慌てて新たな影たちの中に走り込んだ。大門は左衛門が押さえた侍の腕を捻じ上げ、握っていた刀を取り上げ、地面に突き刺した。

大門は侍に訊いた。

「なぜ、それがしをつける？」

「………」

「何が狙いだ？」

文史郎は尋問を大門と左衛門に任せ、最も手強そうな侍に対峙した。相手は正眼に構えている。

「おのれ。おぬしら邪魔立てするか」

侍はいきなり立ち、間合いを詰めると同時に文史郎に斬りかかった。上段から刀が打ち下ろされる。目にも止まらぬ速さだった。

文史郎はとっさに鋭い打突を刀で受けとめた。鍔競《つばぜ》り合いになった。相手と激しく押し合いを始めたときに声がかかった。

「待て。君島、引け。引くんだ」

その声に、文史郎と斬り結んでいた相手がさっと飛び退った。

影たちの後ろから、新たな人影が進み出て来た。護衛の侍たちが脇を固めている。

「大門、待て。待て」

「何者？」

大門が腕を捻じ上げた侍を、影たちの前に突き出した。

刀を構えた侍たちは、じりじりと後退した。

「待て、待たれい。大門」

新たに登場した侍が宥めるようにいった。

「それがしは物頭《ものがしら》忍田数馬《しのだかずま》だ」

「忍田数馬、なんと貴公が敵だとはな？」

「待て、誤解するな。それがしは、敵ではない、おぬしの味方だ。その者たちは拙者の配下の者だ。決して怪しい者たちではない」

忍田数馬は、周りの侍たちに「刀を引け」と命じた。侍たちは命令を聞いて、刀を腰に納めていく。

文史郎は大門の傍に寄った。

「何者？　知っておるのか？」

「うむ。水戸藩の物頭忍田数馬だ。要路の一人だ」

大門は忍田数馬に向き直った。

「何故、それがしを付け回す」

「おぬしが公儀に内通していないか、配下に調べさせていたのだ」

「それがしが、公儀に内通するだと？」

「公儀隠密が我が藩の内紛を嗅ぎ回っている。内紛を口実に、公儀は藩主斉昭様を処罰し、隠退に追い込もうとしている。それを防ぐのが、それがしたちの役目だ。脱藩したおぬしが、もしや公儀に協力し、我らに弓を引かぬか、配下に監視させていたのだ」

「そうだったのか。だが、それがしを見損なうな。たとえ、脱藩しても、恩義ある水戸藩に弓は引かぬ」

「それがしも、おぬしが藩を裏切ってはいないと信じておった。だが、藩の執政たちは、そうは思っていない。用心に用心をするにしくはないということで、それがしに、おぬしを二六時中、監視するよう命じていたのだ。これまでのことは、それがしに免じて許せ。今後は、そんなことはしない」

「信じられんな」

「そうだろうな。それがしが、おぬしの立場だったら、そう簡単に信じられるものではないからな」

忍田数馬は自嘲的に苦笑した。

「どうだ、大門、昔の誼《よし》みで、二人だけで話がしたい」

「なんの話だ？」

「まあ、聞け。武士と武士として腹を割った話をしたい」

忍田数馬はまた周囲の侍たちに、全員引いて、「稲荷神社の境内で待て」と命じた。

「頭の命令だ。引き揚げだ」

先刻、君島と呼ばれた侍が手を上げ、境内を指差した。

侍たちは峰打ちで倒れた仲間を担いで、引き揚げていく。

君島に率いられた侍の一団は、ぞろぞろ稲荷神社の境内に入って行った。

忍田数馬は、文史郎に目をやった。文史郎は刀を腰に戻した。

「大門、それがしたちも遠慮するぞ」

「かたじけない」

大門は頭を下げた。

文史郎は左衛門と連れ立ち、その場を離れた。二人だけになった大門と忍田は、ぼそぼそと立ち話をしはじめた。

長い話し合いだった。文史郎は月が雲間に隠れたり、顔を出したりするのを、飽かず眺めていた。

「殿、どうやら終わりましたよ」

左衛門が囁いた。

暗がりの中、大門と忍田は双方に分かれ、背を向けてゆっくり歩き出した。

大門は暗がりの中でも分かるような深刻な顔をして、文史郎たちのところへ戻ってきた。

「大門、なんの話だったのだ？」

「榊原大膳とお美津殿を殺した、下手人が分かりましたよ」

「いったい誰だというのだ？」

「殿、あとで話します。それよりも、忍田の話によれば、早苗さんや美世さんの身が危ない」

「どうして？」

「館義昌の御庭番や幕府の公儀隠密が、どちらかが密書を持っているのではないか、と疑っているらしいのです」

大門は声をひそめた。

「忍田によれば、公儀隠密や、館義昌の配下の御庭番は、密書を手に入れるためだったら、手段を選ばないというのです」

八

まだ戌《いぬ》の刻（午後八時）だというのに、神田界隈の家並みは、常夜灯の明かりや、飲み屋や小料理店の行灯がほのかに見えるだけで、ほとんど灯火も消え、まるで寝静まっているようだった。

船頭が漕ぐ猪牙舟は、月明りに照らされた掘割を滑るように走った。

舳先に掲げたぶら提灯が行く手の水路をおぼろに照らしている。

大門の話を聞き終わり、文史郎は訝った。

「大門、あの忍田数馬、おぬしとどういう間柄なのだ？　ほんとうに信用できるのか？」

「忍田数馬は、道場仲間でした。そして、取り潰された戸田家の媛八重《やえ》を嫁にした男です」

「なに、おぬしが婿になるはずだった相手を、忍田数馬が嫁に迎えたというのか？」

「はい」大門は神妙にうなずいた。

「忍田家というのは？」

「忍田家は代々家老格の家柄です。忍田数馬は忍田家の長男です。忍田家は、それがしの家よりも、はるかに上の家格で、扶持も千石は頂いている」

「千石取りか。やはり、さすが三十五万石の大藩だのう」

文史郎は左衛門と顔を見合わせた。

文史郎は那須川藩に思いを馳せた。那須川藩の筆頭家老でさえ、役付の扶持を加えても八百石だ。平の家老で五百石。物頭程度の要路は、せいぜい三百石がいいところだろう。

大門はいった。

「忍田数馬は我々の中では出世頭で、物頭を無難に過ごせば、次は家老が約束されている。それもあって、今度の内紛をうまく収めたいと考えているのです」

「忍田数馬は、なんだといっていたのだ？」

「さっき忍田が打ち明けてくれた話では、一応、忍田も執政の一人である留守居役次席の館義昌の命令には服さねばならないが、館には反感を覚えている、というのです」

「ほう、なぜだ？」

「館義昌は忍田の女房である八重の父親だった戸田勝間を、それがしたちに上意討ちさせた張本人だ。女房の八重の恨みがある。だから、もし館義昌の陰謀を裏づける密書がほんとうにあるのなら、それを密かに、ほかの執政重役たちに見せ、いまは家老の館義昌を失脚させたい、と」

　文史郎は訝った。

「そもそも、忍田は、どうして、館義昌の密書の存在を知っているのだ？　密書の存在は、筆頭家老の橘右近、密書を送った本人の館義昌、それに書庫から密書を盗み出した榊原大膳の三人しか知らぬことではなかったのか？」

「その点、それがしも忍田に問い質したのです。そうしたら、実は忍田は、館義昌から呼び出され、榊原大膳から密書のことで脅されて困っている。物頭の配下の細作《さいさく》(忍び)を動かし、榊原大膳を捕まえ、密書を取り戻すよう命令されたというのです」

「では、榊原大膳とお美世は、忍田の配下である細作に捕まったのではないのか？」

「忍田は、命令は受けたが、細作を動かさなかったそうです」

「なぜだ？」

「忍田は館義昌を助けたくなかったからだといっていました」

「ほんとうかのう。では、誰が榊原大膳たちを殺したのだ？」

「館義昌の配下の御庭番田所駿馬《たどころしゅんま》たちだとのことです。おのれ、田所駿馬め、やつなら、家老のために、やるでしょう」

「大門、その男のこと存じておるのか？」

「田所駿馬は藩の道場で席次筆頭だった男、忘れるはずはありません。それがしは次席でしたが、稽古試合で田所に勝ったのは、一、二度、かなりの練達者です。館義昌は、その腕を見込んで側近に取り立て、護衛役の御庭番をさせているのです」

「ほんとに田所駿馬が榊原大膳たちを殺ったという証拠はあるのかのう？」

「証人がいるそうです。忍田は、館義昌の配下にも、自分の手下を入れてあり、その男の証言で、田所駿馬たちが榊原大膳やお美津殿を拷問にかけた、と分かったと」

「忍田とおぬし、昔から親しかったのか？」

「いえ。忍田は同じ上士仲間でも、家老格の家柄ですから、上士でもそれがしのような貧乏家中とはあまり付き合いはなかったですな」

「そんな忍田が親しげにおぬしに接近するのは、何かの魂胆があってのことではないか？」

「かもしれません。ですが、忍田が館義昌の味方ではない証として、それがしに館義昌の本所にある妾宅を教えてくれました」

「ほう」文史郎は顎をしゃくった。

「その妾宅に館義昌は田所駿馬たちごく数人の家来だけを連れて、月に数回決まって訪ねているそうです。それがしたちが江戸屋敷に押しかけて来て、館義昌に会いたいといっても、自分たちが阻止することになる。だが、妾宅に押しかけるなら、自分たちは管轄外なので、何が起こっても知らぬ顔をしている、というのです」

「なるほど。妾宅へ押しかけろという謎かけだな」

「館義昌は、明日にでも、妾宅へ出かけるだろうとも。忍田は自分のところから、そんな話が漏れたとなると困るので、誰から聞いたと訊かれても、絶対にいわないでほしいといっていた」

「それと、田所駿馬たち御庭番も、公儀隠密も、密かに手下を勝兵衛裏店に張り付けて監視しており、榊原大膳やお美津殿の周辺の人物を洗っていることも、忍田は教えてくれた。すでに忍田は、大膳の妹の美世殿だけでなく、今日、姿を現した早苗殿のことまで知っていた。しかも、早苗殿があまりにお美津殿にそっくりだったので、我々同様、仰天したともいっていた。きっと田所駿馬たちや公儀隠密も二人のことを調べるだろうから、二人が襲われないよう気をつけたらいい、と忠告してくれたのです」

「…………」文史郎は口をつぐんだ。

「それで二人のことが心配になったというわけです」

船尾に立った船頭がいった。

「着きやした」

猪牙舟は船着き場に横付けになった。

舳先から左衛門が桟橋に乗り移り、提灯をかざした。

近くに神田大明神の社があり、こんもりと茂った杉林の黒い影が見えた。

「爺、確かにこの辺だというのか？」

「早苗殿の説明によれば、商店街の裏手にあるといってましたが」

「たぶん、この土手を登れば、いいのではないか？」

大門も岸に飛び移り、土手の上への細い坂道を登りはじめた。文史郎と左衛門は、大門のあとを追って坂を登った。

土手の上に上がると、そこからは民家や商家が拡がっていた。

神田大明神の門前町である。

商店街の通りに点在する常夜灯が、ほんのりと道端を照らしている。

番屋の障子戸が周囲の家並みの中で、一番明るく輝いていた。

「殿、ちょっと訊いて来ます」

左衛門は小走りに番屋へ駆けていった。

やがて、左衛門は番屋の番人といっしょに戻ってきた。

「殿、口でいうのは難しいので、直接案内してくれるそうです」

「それはありがたい。よろしう頼むぞ」

「へい。お任せください」

年寄りの番人は文史郎をほんとうにどこかの殿様が供を連れてお忍びで来たのだと思い、腰を低めていった。

「こちらでやす」

老人は腰を屈め、提灯で足下を照らしながら歩き出した。

左衛門が歩きながらいった。

「佐々木左内指南の夕雲道場は、このあたりでは知る人ぞ知る有名な道場なんだそうです」

「ほう。そうか流行《はや》っている道場なのだな」

老番人が振り向いた。

「有名なのは、美人の女指南役がいるからなんで、それで若い連中がみな習いに行くんですが……」

「そうか。あの早苗殿が指南しているのか。それは人気が出るだろうな」

「ところが、道場主の佐々木左内がかなりの頑固親父でして、とにかく稽古が厳しい。融通もきかず、びしびし遠慮会釈なく弟子を竹刀で叩きのめすんで、みんなすぐに辞めちまう。それで、夕雲道場でなく、夕暮れ道場だなんて悪口で呼ばれて有名なんでさあ」

「そうか。そんな頑固者か」

文史郎は大門と顔を見合わせて笑った。

商店街の大通りを外《はず》れ、横丁に入ると、狭い通りになり、両側にしもた屋が並んでいた。

「夕暮れ道場は、いや夕雲道場は、この二三軒先の左手の……」

「……おかしいぞ」

文史郎は、通りの先に飛び出した七、八人の黒い影を見た。

月明りに刃をきらめかせ、斬り合っている。

文史郎は腰の大刀を押さえ、駆け出した。その気配に、黒い影たちがさっと道を空けた。

黒い影は、いずれも黒装束に身を固めた侍たちだった。黒装束たちが取り囲んでいたのは、着物姿の若侍だった。

月明りに乱れ髪の白い女の顔が浮かび上がった。大刀を斜め正眼に構えた早苗だった。文史郎は息を呑んだ。

早苗は夜目にも美しさを放っていた。湯上がりらしく、島田髷を解き、長い髪を後ろで束ねて流していた。額から項《うなじ》にかけて、乱れた髪がかかっている。必死の形相で周囲の黒装束たちを睨んでいる。

左の腕を斬られたらしく、正眼に構えた刀が下がりかけていた。

文史郎は早苗に駆け寄った。

早苗ははっとして、大刀を構え直した。

「早苗殿、拙者だ」

「殿。かたじけない」

「義によって、助太刀いたす」

文史郎は腰の大刀をすらりと抜き放ち、早苗の傍らに立った。

「同じく大門、ご加勢いたす」

「右に同じく左衛門」

大門も左衛門も大刀を抜いた。

黒装束たちは、文史郎たちの登場に慌てた様子だった。

そこへ、道場の出入り口から、斬り結びながら、二人の影が通りに飛び出して来た。

「お父様！」

早苗が叫んだ。

二つの人影は、刃を打ち合ったのち、左右に飛び退いた。

「早苗、うぬは大丈夫か」

着流し姿の人影が怒鳴った。早苗の父、佐々木左内だった。

相手は黒装束の男。その構えから、以前、長屋で襲ってきた黒装束たちの頭《かしら》だと文史郎は判じた。

「それがしが、お相手いたそう」

文史郎は佐々木左内の前に進み出た。

「おう。おぬし、長屋の殿様、文史郎か。また会ったな。よかろう」

黒装束の頭はせせら笑い、刀を構え直し、文史郎に向き直った。

「誰だ、おぬしは！　頼みもせぬのに、邪魔をしおって。どけ」

　文史郎は後ろから一喝され、慌てて退いた。

「助太刀でござる」

「どこの誰か知らぬが余計なことはするな。佐々木左内、たとえ老いぼれようと、助太刀はいらぬ。どけ」

「……」文史郎は気圧《けお》されて下がった。

　黒装束の頭は含み笑いをした。黒装束の一人が頭に駆け寄り、何やら囁いた。

「どうやら、今夜は日が悪そうだな。佐々木左内、文史郎、またの機会にしよう。みな引け、引き揚げだ」

　その声に、黒装束たちは傷ついた者を担ぎ、一斉に退きはじめた。

　見る間に黒装束たちは一団にまとまり、通りの左右に分かれて、駆け去っていく。

　最後に頭は刀を腰に戻し、笑いを残して、闇に走り去った。

「逃げるか！　いつでも来い。相手してやるぞ」

　佐々木左内は黒装束の頭に怒鳴った。

　文史郎は刀を腰の鞘に戻した。

　佐々木左内は刀を懐紙で拭いながら、ぶりぶりと怒っていた。

「久しぶりに新陰流の達人との立ち会いを楽しんでおったのに、おぬしら邪魔をしおって」

「お父様、こちらが長屋の殿様、剣客相談人の文史郎様ですよ」

「素浪人、大館文史郎でござる」

　文史郎は佐々木左内に一礼した。

「それがし、同じく剣客相談人大門甚兵衛」

「二人の付添人左衛門でござる」

「なにが、剣客相談人だ。剣客を自分で名乗る手合いに、ろくな者はおらぬ。たとえ腕が立つにせよ、剣客なんて自惚《うぬぼ》れるな。恥ずかしいと思え」

　佐々木左内は冷ややかにいった。文史郎と大門は畏れ入って頭を掻いた。

「いや、これは鋭いご批判。確かに御仁のおっしゃる通り。そう名乗ったのは、口入れ屋の勧めでござって、それがしが自ら名乗ったわけではござらぬ」

「たわけもの、武士が言い訳などするな。みっともない。剣術を商売にするなんぞもってのほか」

　佐々木左内は憤然として、文史郎を怒鳴りつけた。大門も、左衛門も、いつもと勝手が違うので、身を小さくしていた。

「お父様だって、剣術を売り物にして道場を開いていらっしゃるじゃないですか。もっと門弟を集めねば、お金が入らぬとおっしゃっている」

「そ、それと剣客相談人の話は違うぞ」

佐々木左内は娘の言《げん》に一瞬たじろいだ。

「お父様、文史郎様たち剣客相談人は、人助けをしているのよ。ただのお金儲けのためだけではない。それに私を助けてくれたのですよ。お礼ぐらいは……」

「それが余計なお世話というものだ。わしがあの頭をやっつけて、おまえを助けようとしていたのに」

「お父様、文史郎様たちは、心中を装って殺されたお姉さん夫婦の下手人を探すことまでやっていただいているのよ」

「勘当した美津が、誰といっしょになろうが、どうなろうと、わしの知ったことではない。我が娘ではないのだからな」

佐々木左内は苦々しくいった。早苗は悲しそうに目を伏せた。

「そんな頑固なことをいって。お父様、それでは、お姉様があまりに可哀想では……」

早苗は左腕を押さえて、よろめいた。文史郎は早苗の軀を支えた。湯上がりのいい匂いがする。

　早苗は腕の袖がばっさりと切られていた。血が着物を濡らしていた。

「さ、早苗」

　佐々木左内は軀が動かなかった。

「いかん、傷口を塞がねば」

　文史郎は早苗の袖を捲った。二の腕に撫で斬りされた刀傷が現れた。まだ血が噴き出ている。

「殿、これで」

　左衛門が懐から手拭いを出した。

「爺、汚れておるではないか」

「汗を拭ったくらいでござる」

「それが汚いというのだ」

　早苗が文史郎にしなだれかかった。

「佐々木氏《うじ》、部屋で手当を」

「うむ。入ってくれ」

　佐々木左内は道場の玄関を差した。

「おっと、それがしが部屋へ運びまする」

大門が早苗を横取りして抱きかかえた。

「大門、それがしが……」

「このようなことを殿にさせては、申し訳が立たないでしょう」

大門はさっさと佐々木左内について、道場に入って行った。

暗がりから、番屋の年寄りがおずおずと顔を出し、文史郎に話しかけた。

「あのう、医者を呼びましょうか？」

文史郎はほっとした。

「ああ、いいところにおった。ぜひ、呼んでくれ。できれば、腕のいい蘭医を。あの傷だと縫わねばならぬ」

「分かりました。すぐにお連れします」

番屋の老番人は暗がりに駆けて行った。

文史郎は左衛門といっしょに道場へ足を踏み入れた。

十畳間ほどの道場だった。蠟燭の火がつけられ、あたりに眩しい光を投げていた。

道場に隣り合って、六畳間ほどの畳の部屋があった。そこに蒲団が敷かれていた。

大門は、その蒲団の上に早苗を横たえ、手際よく、二の腕の傷を手拭いで縛り上げていた。

佐々木左内が憮然とした顔で、腕組みをしながら、早苗の様子を見ていた。

「爺、医者が来るまでに、お湯を沸かせ。きっと傷口を縫うときに使う」

文史郎は左衛門に命じた。左衛門は立ち上がった。

「はい。ただいま。佐々木氏、お湯はござらぬか」

「風呂の湯があるが」

佐々木左内はいった。

「それではだめでござる。御免、台所を使わせていただく」

左衛門はさっさと台所へ走り込み、竃に屈み込んだ。

「わしが火を熾《おこ》そう。ここはわしの家だ」

佐々木左内がしゃがみ込み、竃の中の灰をかき回し、残り火を探し出した。薪をくべて、火を熾しはじめた。左衛門が鉄瓶に桶の水を汲み入れ、竃にかける。

早苗は大門が止血の処置をとったのが功を奏して、止まった様子だった。いまはかいまきを被り、躯を休めている。

文史郎は早苗の傍に座った。

「早苗殿、こんなときに尋ねるのは気の毒だが、例の密書は大丈夫だったか？」

「はい。ここにしかと」

早苗は着物の胸元を手で押さえた。

「それがしが、お預かりしたいのだが」

「はい」

早苗は右手を着物の胸元に差し入れようとしたが、帯がきつく締めてあるので、手が入らなかった。手傷を負った腕を動かそうとして、顔をしかめた。

「帯を少し緩めていただけますか」

早苗は顔を赤らめていった。

文史郎は、いくら怪我人とはいえ、若い娘の帯を解くのはためらわれた。

「母者はおられぬのか？」

「はい」

早苗は部屋の仏壇に目を向けた。

「それがしでよければ」

「はい。お願いいたします」

文史郎は早苗の帯に手をかけた。大門が渋い顔をした。

「殿、こんなところで酔狂な」

「分かっておる。やむを得ぬ措置だ」

文史郎は帯留めを解き、早苗の背に手を回し、帯の結び目を解いた。

「さすがだ。手慣れておりますな」

大門は感心したようにいった。早苗がくすりと笑った。

「大門、妙な誉め方をするな」

突然、台所から怒声が飛んだ。

「娘に、な、何をする」

佐々木左内が顔を引きつらせて飛び込んできた。文史郎は慌てて早苗の帯から手を離した。

「お父様、大丈夫。私が文史郎様にお願いしたのですから」

早苗が寝床からいい、文史郎に紫色の布に包んだ書状を差し出した。

「これにございます」

「うむ。確かにお預かり申す」

文史郎は包みを押し頂いた。

「な、何なんだ。それは？」

佐々木左内が怒鳴り、文史郎から密書を奪おうとした。

「御免、これはお渡しできぬ」

文史郎はさっと密書を懐に仕舞い込んだ。

「お父様、いまのは、榊原大膳様とお姉様から預かった大事な物です。二人は、その密書を持っていたために、命を落としたのですから」

「な、何？　そんな大事な物を、なぜ、その男に渡してしまう」

「榊原大膳様とお姉様の仇を討ってほしいからです」

「……」

外が人の気配でうるさくなった。

「お医者様をお連れしました。こちらです」

番所の老番人に案内された医者があたふたと入って来た。

「おう、またあの偏屈男の道場だったか」

医者は文史郎や大門といっしょにいる佐々木左内を見つけ、溜め息をついた。

「なんだ、藪医者の仁庵《じんあん》ではないか。何をしに参った」

佐々木左内は仁庵を怒鳴りつけた。

「お父様、私が怪我をしたのではないですか」

「おう、今日の怪我人はお嬢様だったか。こりゃ珍しい。また門弟が先生に打ちのめされて怪我でもしたか、と思うた」

「刀傷でござる。傷を縫合していただきたく」

文史郎は仁庵に頭を下げた。仁庵は道場の板の間から部屋に入り、早苗の傍らに座った。

「どれどれ。傷を診ようか。誰か、お湯を沸かしてくれぬか」

仁庵は早苗の二の腕の手拭いを外した。また血が流れ出した。

「お湯は沸かしてあります」

台所から左衛門が返事をした。

「おう、手回しがいいな。よろしい。では、手桶に湯を張っておいてくれぬか。それから、蠟燭を五、六本、火をつけてくれ。手許が暗すぎるでな。ぐずぐずしないで」

「蠟燭、蠟燭」

佐々木左内はおろおろしていたが仏壇に行き、蠟燭を摑み出して、台所へ持って行った。左衛門が竈から燃える枝を取り出し、次々に蠟燭に火を点ける。

大門が何台かの燭台を枕元に並べ、火がついた蠟燭を差して行った。

たちまち部屋が明るくなった。仁庵は持ってきた包みから、手術用の針や糸を取り出した。

またどたどたと新たな足音が響き、道場に人が走り込んだ。

「早苗殿、早苗殿、大丈夫ですか」

道場に走り込んで来たのは、若衆姿をした美世だった。

美世の後ろから白髪混じりの総髪の剣士がのっそりと姿を現した。

「お、美世殿ではないか」大門が顔を綻ばせた。

「どうして、ここへ」文史郎も訝った。

「それがしのいる神楽坂道場が、突然、黒装束の者たちに襲われまして。密書を渡せといっていたのでござる。そんなものはない、と追い返したのですが、もしや、こちらの早苗殿が襲われるのでは、と心配になり、急いで飛んできた次第です」

早苗が顔を上げた。

「ありがとう。美世さん、ご心配をおかけして。襲われましたが、剣客相談人の方々が駆けつけ、どうにか助かりました」

「密書は？」

「それがしが、確かにお預かり申した」

文史郎が懐を叩いた。

「それで安心しました。伯父上、こちらの方が、剣客相談人のお殿様大館文史郎様と大門甚兵衛様」

　美世は後ろに立っている総髪の老剣士を振り返った。

「こちらが、道場主の師範です」

「美世の伯父、津田大志と申す者。この度は、我が姪の美世がたいへんお世話になり申した。お礼を申し上げます」

　津田は白髪混じりの総髪を文史郎に下げた。

「なにい、津田大志だと！」

　佐々木左内が怒声を上げて、道場へ飛び出した。

「そういうおぬしは、佐々木左内。美世から、佐々木道場とは聞いておったが、おぬしが道場主だったとは奇遇だ」

「ここで会ったが百年目。尋常《じんじょう》に立ち合え」

「望むところ」

　佐々木左内と津田大志は、道場の中で、さっと飛び退き、向かい合った。

「どうなっているのだ、これは？」

　文史郎は大門と顔を見合わせた。

　佐々木左内は木刀を取り、びゅうびゅうと音を立てて、振るった。

津田大志は大刀の柄に手をあて、いつでも抜けるように構えている。

「待った待った。二人とも待たれい」

文史郎と大門は二人の間に走り込み、両手を開いて止めた。

「伯父上、この方が」美世が驚きの声を上げた。

「そうだ。拙者生涯をかけての宿敵佐々木左内。この日が来るのを待って幾星霜《いくせいそう》」

佐々木左内が応じた。

「それは、拙者の台詞《せりふ》だ。津田大志、よくぞ生きていてくれた。この日を何度夢見たことか」

仁庵が部屋から顔を出した。

「うるさいのう。気が散ってならぬ。そこのお嬢さん、悪いが、こっちへ入って、縫合手術を手伝ってくれぬか。男ばかりで、弱っていたところだ」

「は、拙者でよければ」

美世は腰から抜いた刀を手に、部屋の中へ膝行《しっこう》した。

「さあ、男どもはしばらく静かにしていてくれ。いいな」

仁庵は板戸をぴしゃりと閉めた。

文史郎をはじめ、大門、左衛門、佐々木左内、津田大志全員が動きを止めた。

文史郎は佐々木左内と津田大志にいった。

「何があったかは知らねど、本日のところは、お二人とも、拙者の顔に免じて、矛《ほこ》を収めてくれぬだろうか」

「おぬしが、何者なのか、わしは知らぬぞ。そんなやつの顔に免じるわけにはいかぬ」

佐々木左内は文史郎を睨み付けた。

文史郎は大門、左衛門と顔を見合わせた。こうなったら、はったりでもかますほかはない。大門も左衛門もそういう顔をしていた。

「殿、もうしわけござらぬ。それがしが、みなの者に申し伝えなかったばかりに、このような失態をお見せいたして」

大柄な大門がその場にぺたんと正座し、文史郎に平伏した。

「殿、申し訳ございませぬ」

左衛門も大げさに平伏した。

「うむ。ふたりとも大儀じゃ。大門、その方、しかるべきわけを二人に話してやれ」

「畏まりました」

佐々木左内も津田大志も呆気《あっけ》に取られて立ち尽くしていた。大門はおもむろに二人に向き直った。

「こちらの方は、何を隠そう、さる大藩の譜代大名若月丹波守清胤様にござる。もともとは信州松平家の御曹司松平文史郎様。将軍家の遠縁にあたる御方。今夜はお忍びで、こちらへお越しになられたところだ。お二人とも、お控えなされい」

佐々木左内と津田大志は面食らった様子だが、慌てて、その場に正座した。

大門は、これでいいかな、という顔で文史郎を見た。

「うむ、大門、大儀《たいぎ》じゃ。佐々木左内、津田大志、双方とも今夜は矛を収めてくれるな。この勝負、余がお預かり申す。よろしいな」

文史郎は、威厳を込めていった。

佐々木左内と津田大志は半信半疑の様子だったが、大門の「控えよ。頭《ず》が高い」という声に、慌てて「へへえ」と平伏した。

「二人とも、納得してくれたな。大儀だ」

文史郎は満足気にうなずいた。

九

長屋は寝静まっていた。

どこかで犬の遠吠えが聞こえた。

大門は行灯の明かりにかざしながら、密書を読み終わり、大きな溜め息をついた。

「こんなことが目論《もくろ》まれていたのか。榊原大膳が怒り、脱藩したくなる気持ち、それがしにはよう分かる」

「おぬしと、榊原大膳は、ほんとうに館義昌に騙され、いいように使われたということだな」

「しかし、藩命となれば、藩士なら誰でも従わねばならぬからな。まさか、筆頭家老の橘右近まで脅されて、戸田勝間を亡きものにするための策謀に加担し、上意討ちの藩命を出さざるを得なかったとは、館義昌は私利私欲だけを追い求める大悪人だな」

「大門は、直接館義昌の家来として、長年付いていたのだろう？　なぜ、そんな人物だと見抜けなかったのだ？」

「それがしの目が節穴だったということだろう。それにしても、館義昌が信じられない。まさか、こんな策士だとは思わなかった。温厚で情が深くて怒ったことがなかった。部下たちへの気配りがよく、誰も館義昌を信用して、まったく裏面にある悪辣な顔を知らなかった。よくもまあ、我々の前で、いけしゃあしゃあと善人ぶってくれたものだ」

大門は吐き捨てるようにいった。

密書には、中老の戸田勝間が札差や出入りの商人たちと結託して私腹を肥やしているかが、具体的な金子《きんす》の金額まで入れて記されてあった。

しかも、戸田勝間が執政の誰某に、巨額の賄賂を贈り、家老になるための画策をしていること、その中には筆頭家老である橘右近にまでも多額の賄賂を渡していることまで指摘してあった。

戸田勝間は、そこまでして家老になり、将来は、筆頭家老の橘右近も追い落として、自らが筆頭家老となろうと野心を抱いている、と訴えていた。すでに、執政の大半は戸田勝間の掌中に落ちており、次に家老に選ばれるは必定《ひつじょう》と訴えていた。

いま戸田勝間を亡き者にしておかぬと、必ずや将来に禍根を残すことになろう。そのためには、戸田勝間のみならず、戸田家一族郎党、親族縁者すべてを葬り去り、根絶やししておくべきだとしていた。

戸田勝間処分にあたっては、戸田家所縁《ゆかり》の者に藩命をもって行なわせ、恨みを他家に残さぬように措置すべきこと、それには、戸田勝間の娘婿になる大門甚兵衛、戸田勝間を烏帽子親とし、後見人としている榊原大膳の二人に藩命で上意討ちさせるのが最良の策であろうとしてあった。

万一にも戸田勝間処分を大門甚兵衛と榊原大膳が行なわなかった場合は、藩命に背いた罰として、二人に切腹を申しつけること。

もし、二人が戸田勝間と気脈を通じて、斉昭様に訴え出るようなときには、さっそくに二人を戸田勝間ともども反逆者に仕立て上げ、一族郎党をすべて討ち果たすべきこととしてあった。

筆頭家老橘右近の出す藩命で、そうした戸田勝間処分を行なうことができた暁には、橘右近へ開発したばかりの新田数町歩と、金子五千両をお贈りいたすことを約束する云々《うんぬん》が書かれてあった。

しかも、橘右近に自分の願いがお聞き届きない場合には、しかるべき証拠を添えて、藩主の斉昭様に訴えることが記されてあった。

文史郎は密書を畳み、封書に戻した。

封書の表には麗々しく達筆で「橘右近様」と書かれている。封書の裏には、館善太郎義昌と署名がなされてあった。

「榊原大膳もそれがしも、昨春家老になった館義昌を信頼しておった。彼こそ、将来筆頭家老になって、執政を担う人だと期待していた。だから、こんな裏工作をして家老にのし上がったやつだと思うとほんとうに裏切られた思いがする。榊原大膳がこの密書をネタに、館義昌を脅そうとしたのも、当たり前のように思う」

大門はやりきれない表情で頭を振り、文史郎と左衛門に顔を向けた。

「殿、それがし、腹を決めました」

「ほう、どう決めたのかのう?」

「忍田の話では、明晩、館義昌は妾宅へ行くそうです。それがしは美世殿や早苗殿とともに、館義昌の妾宅に乗り込み、この密書を叩き付け、榊原大膳やお美津殿の仇、館義昌を斬るつもりです」

文史郎は左衛門と顔を見合わせた。

「止めても行くのだろうな」

「はい。武士の一分《いちぶん》があります」

大門は大きくうなずいた。

「分かった。美世や早苗も行くとなれば、我らも助太刀に行かねばなるまいのう、爺」

「はい。そうですな」

左衛門もしぶしぶ相槌を打った。

近くで雄鳥が高らかに刻を告げていた。

障子戸の外が、白々と明けはじめていた。

――今日も長い一日になりそうだな。

文史郎は、そう思うのだった。

十

館義昌の妾宅は、本所の外れにあった。

大川から深川の方へ行く掘割に入り、すぐ左手に折れる掘割沿いに建った二階建ての瀟洒《しょうしゃ》な家だった。

周囲を高い板塀で囲ってある。館義昌の妾は元芸妓で、中から三味線を弾く音が響いてくる。

近所の人の話では、妾の名はお松《まつ》といい、普段は下女の寅《とら》との二人暮らしだとのことだった。

文史郎と大門、左衛門は玉吉の猪牙舟で、十分に下見をし、夜に備えた。

近くの船宿に部屋を取り、美世と早苗をそこに泊めた。早苗は昨日の今日ということもあり、左腕を三角巾で吊っている。

文史郎や大門が無理は禁物だから、と説得したが、早苗はどうしても館義昌に一太刀浴びせたいと、頑として聞かず、美世について出てきたのであった。

釣瓶落としに夕陽が落ち、本所界隈に薄暮が訪れた。

玉吉といっしょに見張りに出ていた大門が、のっそりと宿に戻ってきた。

「館義昌がお忍びで妾宅に入りました」

大門が報告した。文史郎は訊いた。

「護衛は？」

「田所駿馬と、供の侍二人。ほかに中間《ちゅうげん》小者が二人、いずれも御庭番だと思われます」

美世が呻くようにいった。

「兄とお美津様を責め殺した輩《やから》ですな」

「おそらく」大門がうなずいた。

文史郎は刀の柄に、口に含んだ水を吹きかけた。目釘に湿り気を与えた。

「予想通り、相手はしめて五人。段取りは、いいかな？」

「それがしと殿は正面から乗り込みます。そして、左衛門殿と美世殿、早苗殿は、それがしが合図を出したら、搦《から》め手の裏口から突入する。合図が出るまでは、何があっても控えていてほしい」

「分かった」左衛門はうなずいた。

「はいッ」と美世。「はい」と早苗もうなずいた。

「合図は玉吉にしてもらう」

「へい。あっしに任せてくだせえ」

部屋の隅にいた玉吉がうなずいた。

文史郎は左衛門に向いた。

「では、爺、二人を頼む」

「お任せを」左衛門はにっと笑った。

「殿、では、それがしたちは正面から堂々と乗り込みましょうか」

大門は不敵な笑みを頬に浮かべた。

大門と文史郎は、格子戸を引き開け、妾宅の玄関先に立った。

行灯が玄関先に淡い光を投げていた。

「頼もう」

大門が大音声《だいおんじょう》でお訪《とな》いをかけた。

控えの間から出てきた中間は大門の姿を見た途端、奥に引っ込んだ。

大門は奥まで聞こえるように大声でいった。

「館義昌殿に御用があって参った。見参《けんざん》見参」

すぐに二人の侍が現れ、玄関先の板の間に座った。二人とも鋭い目つきの男たちだった。

「どちら様にございますか？」

大門は名乗った。文史郎も名を告げた。

「少々お待ちを」

一人が廊下を静々と奥へ消えた。

残った一人は大刀を傍らに置いたまま、じっと大門と文史郎を睨んでいた。いつでも斬り結ぶつもりでいる。

やがて、先刻の侍が戻ってきた。

「主《あるじ》がお目にかかるそうです。どうぞ」

「ほんとか」

大門は拍子抜けの顔をしていた。

「どうぞ、こちらへ」

侍は、文史郎と大門に上がるように促した。

「では、御免」

文史郎と大門は廊下に上がり、侍のあとについて歩いた。

案内されたのは、庭に面した座敷だった。

そこには床の間を背に、行灯の明かりの下、女に酌をさせながら、ゆったりと酒を飲んでいる、温厚そうな年配の武士がいた。武士の鬢には白いものが混じっていた。五十代後半の歳と見える。

その年配の武士の後ろに、いかつい顔の侍がじっと正座していた。油断のない態度に、文史郎は、その男が田所駿馬だと思った。

「おう、大門甚兵衛ではないか」

「館義昌様、お久しうござる」

大門は軽く頭を下げ、館義昌の前に正座した。刀を右側に置いた。

「そちらの御仁は見知らぬ顔だな。いったい、何者だ？」

「拙者、大館文史郎、天下の素浪人。本日は大門の後見人として同行した」

「後見人？　ほう」

館義昌はじろりと文史郎を眺めた。

「それがしは館善太郎義昌。大門から聞き及んでおるだろうが、水戸藩家老、江戸屋敷留守居役次席だ。以後お見知りおかれるよう」

「こちらこそ、お見知りおき願いたい」

文史郎は、障子戸を背に座った。刀は左側に置き、敵に備えた。

館義昌は傍らの女にいった。

「お松、おまえは席を外しなさい。呼ぶまで二階で休んでいるがいい」

「はい。旦那様」

お松と呼ばれた女は科《しな》を作り、文史郎と大門に流し目をしながら席を立った。

お松の下女を呼ぶ声が起こり、二階への階段を登る足音が聞こえた。

やがて、あたりに静けさが戻った。

「大門、元気そうだな。おぬし、脱藩したのだろう。こんなところに、のこのこ出て来ていいのか？　脱藩者は藩を裏切ったも同然だ。我々に追われて斬られても文句がいえぬ立場だぞ」

「覚悟の上です」

館義昌は鷹揚《おうよう》に笑い、盃を空けた。

「覚悟の上か。ま、いい。それがしは、おぬしを斬れと命じるつもりはないのでな」

「どうだ、一杯」

館義昌は空にした盃を大門に差し出した。

「いや、遠慮しておきます。本日、お邪魔したのは、伺いたいことがあってのこと」

「そうか。おおよそ、おぬしがわしに訊きたいことは想像がつくが、いったい、何を訊きたいというのだ？」

「御家老はよくぞ、それがしと榊原大膳を騙し、戸田勝間を上意討ちさせましたな。おかげで、それがしと榊原大膳の人生は、御家老の陰謀のおかげで、目茶苦茶にされた」

「笑止。わしが自らの出世と栄達のため、戸田勝間をおぬしらに上意討ちさせたというのか？」

「違いますか」

「違うな。戸田勝間こそ、ほんとうに藩の金を横領し、家老や要路たちに賄賂の金を摑ませ、幕府隠密に協力して、主君斉昭様を隠居にさせようとしていたのだ。だから、上意討ちは斉昭様のご意向だった」

「御家老が筆頭家老の橘右近様へ出した密書には、そうは書いてありませんでしたね」

「何、わしが書いた密書だと？」

館義昌は顔をしかめた。

「御家老が筆頭家老の橘右近様に書いた密書です」

「わしは、そんなものを書いた覚えはない」

「では、これはなんなのですかな」

大門は懐から紫色の布に包まれた密書を取り出し、館義昌に突き出した。

「これは死んだ榊原大膳が、以前に橘右近様の書庫から偶然に持ち出した密書でござる」

館義昌は布を解き、密書を取り出した。

「これは……」

館義昌は顔色を変えた。

「田所、これが、噂の密書か？」

後ろに控えた田所駿馬がすすすっと膝行して館義昌に近づいた。

「おそらく、そうかと」

「……わしも田所駿馬たちに、この密書を探させておったところだ」

館義昌は慌ただしく封書から中身を抜き出し、じっと書面に見入った。

「……莫迦な」

館義昌は呟き、最後まで読み通した。

大門は片手を上げ、庭に潜む玉吉に合図を送った。

庭の暗がりに影が動いた。

田所駿馬が怪訝な顔をした。大門は大声で田所駿馬を怒鳴りつけた。

「田所駿馬、おぬしは配下とともに、その密書を取り戻すため、榊原大膳とお美津殿を捕えたな。そして二人を拷問にかけ、密書は見つからず、ついには二人を殺してしまった。そうであろう」

「誰が、そのようなことをいった？」

田所駿馬は顔を真赤にした。大門は大声で詰《なじ》った。

「この期《ご》に及んで、まだ嘘をいうか。証人もいるんだ。観念しろ」

大門は右手で大刀を摑み、立ち上がった。

「出合え、出合え。狼藉者《ろうぜき》だ」

館義昌が大声で叫んだ。

その声に、さっき玄関先にいた侍二人が座敷に駆け込んだ。二人は館義昌の両脇を固めるように立ち、すらりと刀を抜いた。

「おのれ、大門」

いきなり、田所の軀が大門に向かって飛んだ。白刃が大門に突き入れられた。

大門は咄嗟に左手で刀を抜き放った。そのまま白刃を避けず、前へ一歩出て、向こうから飛び込んでくる田所の胴を払った。

田所の胴に大門の刀が叩き込まれた。血潮がどっと噴き出した。

田所の刃は大門の顎の髭を削って抜けた。

そのとき、庭に砂利を蹴立てる足音が鳴った。

「田所駿馬、どこにいる？」

美世の凜とした声が響いた。

「こっちだ！」

文史郎は叫んだ。若衆姿の美世が座敷へ駆け込んだ。ついで早苗が走り込んだ。

「兄榊原大膳の仇、尋常に勝負しろ」

美世は二本の小太刀を構えていた。天道流二天一流の構えだ。

「姉美津の仇！」早苗の声も響いた。早苗は片手で脇差を抜いて構えていた。

田所駿馬は胸を抑え、よろめきながら、美世に向かった。

「田所、やられてか！」

館義昌が呻いた。

「おのれ、女子ごときに」

田所は大刀を右八相に構え直し、美世に向かった。

髪を振り乱した美世は、二本の小太刀を胡蝶のように開いて田所に向かって飛びかかった。

田所の刀が一閃し、空を斬った。

「兄者の仇！」

美世の左の小太刀が田所の刀を切り落とした。ほとんど同時に右の小太刀が田所の喉元に突き入れられた。

「姉の仇！」

喉を押さえて立ち竦んだ田所に、早苗が叫びながら体当たりした。水平に構えた刀の刃が田所の軀を深々と突き刺した。

血潮がどっと噴き出して飛び散った。

「思い知ったか」早苗が叫んだ。

田所は、喉を抑えたまま、その場に崩れ落ちた。

「おのれ、田所様をよくもやったな」

館義昌の脇を構えていた二人の侍が、抜刀して走り出た。

二人は美世と早苗に斬りかかった。

美世は小太刀を振るい、左右の二太刀で侍を斬り伏せた。

一方、早苗は片手しか使えず、防戦一方になった。

「それがしが、相手をする」

大門がするりと割って入り、早苗を背に回して、侍に相対した。侍は大門に正眼に構えた。それも一瞬、気合いもろとも、大門に上段から斬りかかった。

大門の刀が一閃し、侍の胴を払った。侍はきりきり舞いをして、転がった。

突然、今度は玄関先で大勢の人騒ぎが起こった。ついで庭にも回り込む大勢の足音が響いた。

何人もの人影が塀を越え、庭にばらばらっと飛び降りた。

——さて、いよいよ、おいでなすったか。

文史郎は身を起こし、大刀の鯉口を切った。

大門も異変に気づき、刀を構えた。

左衛門も早苗も美世も、新たな敵の出現に、身構えている。

庭や座敷の周りに、屈強な侍たちが詰めかけた。

「みな、手を出すな。刀を引け」

頭の鋭い声が飛んだ。

聞き覚えのある声だった。大門が怒鳴った。

「忍田数馬、出て来い。貴様だろう」

やがて玄関先から現れたのは、物頭の忍田数馬だった。

「おう、忍田数馬。よく来てくれた。助かったぞ」

蹲《うずくま》っていた館義昌がほっとした顔で侍たちを見回した。

「剣客相談人、わしらのかわりに、ようやってくれたな」

忍田数馬は足下に転がっている田所駿馬と、その配下の侍の遺体に目をやり、満足げにうなずいた。

「おのれ。我々を罠にかけたな」大門が呻いた。

大門が刀を構え、前へ出ようとした。文史郎が手で大門を止めた。

忍田数馬の配下たちは、一斉に身構えた。

「待て。手を出すなといったろう」

忍田数馬は手を振った。配下の侍が館義昌の許へ歩み寄り、館が持っていた密書を取り上げた。

「館義昌殿、喜ぶのは、まだ早いですぞ」

「あ、それは」

侍は、密書を忍田数馬に手渡しした。

「これが問題の密書というわけですな」

忍田数馬はにんまりと笑い、密書の中身を取り出し、巻物をはらりと開き、目をさっと通した。

「そこに書いてあることは、みなでたらめだ。わしが書いた密書ではない」

館義昌は大声でいった。

「なに、ほんとうか?」

大門が目を細めた。館義昌は立ち上がり、にんまりと笑った。

「わしが、そんなことを書くわけがない。わしを陥《おとしい》れるために、誰かが、そんな手紙を書いたのだ。わしの字でもない」

忍田が笑いながらいった。

「分かっていますよ。この密書、それがしが橘右近様の命令で書いたのですから」

「な、なんだと？　貴公が……」

館義昌は驚いて、忍田に摑みかかった。

忍田は突き放した。配下の一人が、いきなり、大刀を抜き、袈裟懸けで館義昌を斬り下ろした。

「上意です」

忍田は冷たく言い放った。

斬られた館義昌は必死の形相で忍田に摑みかかり、ずるずると崩れ落ちた。

周囲の侍たちがざわめいた。

「みなの者、静まれ。これは上意討ちだ」

忍田は懐から封書を取り出し、周囲に掲げた。封書に「上」の文字が書き記してあった。

「館義昌は家老職にあることを利用して、数々の悪行、汚職を行なった。この密書にあるごときはほんの一部に過ぎぬ。よって、ここに上意により成敗いたす」

忍田はじろりと大門に目をやった。

「大門、おぬし、榊原大膳やお美津殿の仇を討ちたいなら、館義昌の止《とど》めを刺してもよいぞ。それがせめてもの、それがしの詫《わび》のかわりだ」

大門は館義昌に屈み込んだ。館義昌は何かいいたげに口をぱくぱくさせていた。

「何か、言い残すことはあるか？」

「大門、お互い、はめられたのう。……すべてを仕組んだのは、橘右近……」

館義昌は力なく笑い、そのまま動かなくなった。

忍田が覗き込んだ。

「逝《い》ったか。大門、いまの館の最期の言葉、聞かなかったことにしろ。でないと、また余計な死者を増やすことになる」

「…………」

大門は口をつぐんだ。文史郎は我慢しろと大門に目配せした。

忍田は冷ややかに文史郎にいった。

「おぬしたち、すぐ引き揚げてほしい。あとは、わしらが始末する。当藩のことだからな。公儀隠密に訊かれても、何も、いわぬことだ。それが身のためだ」

文史郎は静かにいった。

「忍田数馬。それがしからも警告しておく、いま、ここにいる我らの仲間の一人でも、手を触れてみろ。それがしが、すべてを公儀に訴えてやる。手を出した者を成敗する。いいな」

「分かった。剣客相談人、おぬしの警告、しかと承った」

忍田数馬はにやりと笑った。文史郎は大門や左衛門、美世、早苗に目配せした。

「引き揚げだ。すぐに出よう。こいつらの気が変わらぬうちにな」

文史郎は胸を張り、堂々と玄関先に向かって歩き出した。後ろから、美世、早苗が続き、しんがりを守るように大門と左衛門が歩いた。

文史郎は腹を立てていた。

藩なんか、なくなってしまえ。藩なんかがあるから、こんな莫迦げたことが起こり、死人が出る。

文史郎は心の中で毒づいていた。

十一

「いやはや、ほんとうに参ったのう」

文史郎はつくづく弱り、溜め息をついた。

一難去ってまた一難。大門の件が終わったと思ったら今度はまた果たし合い騒ぎだ。

文史郎の前には美世と早苗が両手の指をついて、深々とお辞儀をしていた。

「なにとぞ、うちの頑固親父を諌め、果たし合いなど止めさせてくださいませ」

「どうか、剣客相談人様、あの二人の間に立って、仲裁をお願いいたします」

文史郎は二人の美形な娘に迫られて、満更悪い気分ではなかった。

だが、あの揃いも揃って頑固な佐々木左内と津田大志のことを考えると、文史郎はうんざりした。

「大門、いかが、いたしたものかのう」

「ううむ」

大門は腕組みをしたまま唸るだけだった。

「爺は、どうかの？　いい考えは浮かばぬか？」

「二人とも、積年の恨みつらみですからのう。そう簡単には、水に流せないのでしょう」

左衛門も呆れ果てたという口調でいうばかりだった。

そもそもの始まりは、いまから三十年前の水戸藩藩校の道場の師範募集にからんでいる。

当時、夕雲流の佐々木左内は二十七歳、一方の天道流の津田大志は二十六歳。いずれも若手新進の剣術遣いとして、野心に燃えていた。

水戸藩は、徳川御三家の一つであるが、文武両道を旨とする武道振興を行なっていた。全国の流派からの選りすぐりを集めて、試合を行なわせ、勝ち残った者を藩校道場の師範として雇い入れ、藩士の若者たちを鍛えようという藩主の思いから始まったものだ。

佐々木左内も津田大志も、順当に勝ち進み、準決勝の試合で、二人はあたることになった。

最後まで勝ち残った者が師範になり、負けた者は野《や》に下る。実力主義の過酷な剣術競技であった。

試合は袋竹刀で行なわれて来たが、準決勝以上は、真剣勝負にさらに近くということで、袋竹刀ではなく、木刀による試合ということになった。

藩主の気紛《まぐ》れである。

しかし、見物する方としては、袋竹刀より真剣勝負となっておもしろい。

木刀では袋竹刀と違い、打ち所が悪ければ、死ぬこともある。手足、肋骨や鎖骨を折ることもある。ときには、怪我をして、一生腕や手が不自由になったり、足を引き摺ったりしかねない。

佐々木左内も津田大志も若かったので、木刀での試合を、少しも恐れなかった。

試合は一本勝負。

佐々木左内と津田大志の力はほぼ拮抗《きっこう》し、朝から始まった二人の試合は、その日の夕方になっても決着がつかなかった。

結局、試合は翌日に持ち越され、再試合となったが、今度は相討ち、二人とも骨を折る怪我をして、最後の決勝には、どちらも出られず、敗退することになった。

翌年も、翌々年も、さらに四年目も佐々木左内と津田大志の試合は決着がつかず、いつも二人とも互いに大怪我して、決勝に進めないで終わるようになった。

それ以来、二人は互いに同じ天を抱かずというほどに宿敵として意識するようになった。

それから、三十年。互いに切磋琢磨し、剣客の道を歩んできたが、いまもって、藩お抱えの指南役にはなったことがなく、それはお互い、あいつのせいだ、と思うようになっていた。

そんな二人が、なんの縁か、今回ばったり出合ってしまったのだ。

再び宿敵打倒の炎が胸の中に沸き上がり、互いに果たし状を出し合うことになってしまったのだ。

二人の果たし合いは、話し合いの結果、明日の朝五ツ（午前八時）、場所は深川田地に隣接する通称「薄ヶ原《すすき》」と決まった。

佐々木左内と津田大志双方から、立ち会い人として、剣客相談人の文史郎や大門が、ぜひに、と指名されてしまったのだ。

ありがた迷惑とは、このことだろう、と文史郎と大門は思った。

二人は、その日、昔のように決着がつかぬ場合は、翌日にも行ない、それでも決着がつかねば、さらに翌々日という取り決めまでしていたからである。

立ち会い人は、対戦者同様、一瞬も気が抜けない。しっかり見てないと、どちらに軍配を上げたらいいのか、分からなくなるからだった。

文史郎と大門は、この二人の試合が、長引くだろう、と予想して、その日が近づくにつれて次第に気が重くなって来た。

それにも増して、心配しているのは、佐々木左内の実の娘早苗と、伯父の津田大志を父のごとく思っている美世であった。

二人とも、なんとか、佐々木左内と津田大志を和解させ、試合をせずに済むよう、画策してきたのだが、肝心の二人が一向に、和解をする気もなく、むしろさらに敵愾《てきがい》心《しん》を抱くようになってしまっていたのである。

一種の老人性のボケ、意固地であった。

左衛門が笑いながら、文史郎に提案した。

「殿、一つ、一《いち》か八《ばち》か、やってみる手があります。それが効かなかったら、とことん、二人の気が済むまで、やらせましょう」

「爺、どんな手だ？」

文史郎は藁《わら》をも摑む思いだった。

「左衛門殿、どんないい手が思い浮かんだのかね」

大門の顔も明るくなった。

左衛門は、おもむろに文史郎と大門に、取って置きの秘策を開陳した。

文史郎と大門は、左衛門の話を聞いて、溜め息をついた。

試合は明日の朝である。しかも、左衛門が入れ込むほどには、あの頑固一徹の二人に通じることか、とても秘策とは思えなかったのだ。

「大丈夫。それがしも、あの二人と歳が近い年寄りですぞ。もし、そういう事態になったら、きっと試合どころではなくなり、考え直すことでしょう」

「ほんとうかのう？」文史郎は訝った。

「あの頑迷な二人だぞ」大門も半信半疑だった。

「大丈夫。だめでもともと。ともかく、美世殿と早苗殿の協力がぜひとも必要でしてね。早速、出かけて、爺が二人に話してみましょう。ともあれ、明日が楽しみですぞ」

左衛門はにやにやしながらいうのだった。

翌早朝、まだ暗いうちから、文史郎は大門と連れだって、玉吉の舟に乗り、会場となる深川田地の脇の通称薄ヶ原へ乗り込んだ。

どこから、試合の噂を聞きつけたのか、野次馬たちが弁当持参で、花見気分で集まってくる。

文史郎と大門は、立ち会い人席とした一本松の木の下で床几《しょうぎ》に座って待った。

「爺の工作はうまくいったのかのう」

「おそらく、だめでしょう。いまに二人ともさっそうとやってくることでしょう」

大門は半ばあきらめた口調でいった。

しかし、半刻前の六ツ半（午前七時）になっても、赤い幟《のぼり》が立てられた佐々木左内陣営も、白い幟が立てられた津田大志陣営も、誰も現れない。

じりじりして待っていると、ようやく赤い幟の陣に、一人佐々木左内がよたよたした足取りで現れた。

さらに、今度は白い幟の陣に、津田大志がおっとり刀で姿を見せた。

「ね、来たでしょ。どうしてもやる気なんですよ。二人とも頑固だから」

「やはりのう」

文史郎は溜め息をまた洩らした。

だが、一向に爺の姿と、美世や早苗の姿は現れなかった。

やがて、試合開始時刻が刻々と迫った。

すると、佐々木左内が手を振り、文史郎を呼んだ。

一方の津田大志も立ち上がり、文史郎を呼んでいる。

「何かあったのかもしれん。大門、おぬし、津田大志のところへ行ってくれ。それがしは、ちと佐々木左内の許へ行ってみる」

文史郎は大門と分かれて、足早に佐々木左内の許へ歩いて行った。

「どうされた。まもなく時刻だが」

「殿、相談に乗ってくれまいか？」

佐々木左内はげっそりした表情でいった。襷《たすき》を掛け、鉢巻をしてはいるものの、まるで試合に臨む気配ではない。

「いかがなされたのだ？」

「実は、昨夜から、早苗が家出をしたまま、帰って来ないのだ」

「ほう」

文史郎は笑いが込み上げてくるのを抑えながら訊いた。

「そうしたら、置き手紙があってな。それがしがあまり頑固なのに業《ごう》を煮《に》やして、家を出ますとあったのだ。娘として恥ずかしいと。親のそれがしを勘当するとな。で、もう二度と家には戻らないので、お好きなようにしなさいとあった」

「なるほど。だから、いったでしょう。あまり娘さんを心配させると、ろくな目に遭いませんぞ、と」

「どうだろう。娘を探して、連れ戻してくれまいか。正直申して娘が心配で、試合どころではなくなってのう。わしから、試合の中止を申し入れるのは面目が立たないので、立ち会い人の権限で、本日の試合はなし、ということにできぬだろうか。試合は娘が戻ったのちに、今一度考えるとして」

佐々木左内は、すっかりしょげ、不精髭も剃っていなかった。朝の食事もしていない様子だった。

「分かり申した、それがし立ち会い人の権限で、この試合没収、無期延期ということにしましょう。それでいいですな」

「うむ。相手がいいといえば、それがしは文句をいわん。よろしう頼む」

「では、ここでお待ちを。先方と話がついたら、また来ます」

「よろしく頼む」

佐々木左内は何度も文史郎に頭を下げた。

文史郎が立ち会い人席に戻ると、大門も喜色満面の様子で、笑いを抑えながら、帰ってきた。

「いかがでした？」

文史郎は佐々木左内の憔悴ぶりを話した。

「やはり、津田大志も同様でした。妻を亡くし、義理の娘とも思っていた姪の美世が、昨日置き手紙をして出奔してしまったとうろたえていました。美世はあまり津田大志が頑固で、試合をやめてといっても、自分のいうことを聞いてくれないので、もはや師匠とは思わない、とあったそうです。なんとか、剣客相談人の力で、呼び戻すことができぬか、と」

「爺のいう通り、あの年寄りたちは、思った以上に娘に弱いのだなあ。それがしも、意地を張っていると、あのような頑固な老人になるのかのう」

「いかがでしょう。津田大志殿も、立ち会い人の権限で、本日の試合取り上げということにしてほしい、というのですが」

「やむを得ないのう。没収ということにしよう」

文史郎は大門とにやと笑いながら顔を見合わせた。

かくして、佐々木左内と津田大志の遺恨試合は、文史郎たちによる没収となったが、意外に、それでほっとしていたのは、佐々木左内や津田大志当人だった。

ほんとうははじめから、二人は試合などやりたくなかったのに違いない。ただ行きがかり上、やると周りにいってしまっていたため、引っ込みがつかずにいたのだ。

その後、長屋へ帰ってきた左衛門は、事の顚末を聞いて大笑いした。美世と早苗は、この時ばかりと、二人で旅に出て、いまごろは、熱海で温泉に浸かっているということだった。

帰ってくるのは、数日後、ということだった。

「そのくらいは、あの頑固親父たちを心配させておいていいのでは」

左衛門は爽やかに笑った。

——いずれ、那須にいる我が娘が美世や早苗となって、それがしを心配させるのだろうな。

文史郎は笑いながら、内心、他人事《ひとごと》とは思えなかった。

時代小説

二見時代小説文庫

乱《みだ》れ髪《がみ》 残心剣《ざんしんけん》 剣客相談人《けんかくそうだんにん》4

著者 森《もり》 詠《えい》

発行所 株式会社 二見書房
東京都千代田区三崎町二－一八－一一
電話 〇三－三五一五－二三一一［営業］
〇三－三五一五－二三一三［編集］
振替 〇〇一七〇－四－二六三九

印刷 株式会社 堀内印刷所
製本 ナショナル製本協同組合

 ISBN978－4－576－11143－8
http://www.futami.co.jp/

剣客相談人 長屋の殿様 文史郎

森詠［著］

若月丹波守清胤、三十二歳。故あって文史郎と名を変え、八丁堀の長屋で貧乏生活。生来の気品と剣の腕で、よろず揉め事相談人に！心暖まる新シリーズ！

狐憑きの女 剣客相談人2

森詠［著］

一万八千石の殿が爺と出奔して長屋暮らし。人助けの万相談で日々の糧を得ていたが、最近は仕事がない。米びつが空になるころ、奇妙な相談が舞い込んだ……

赤い風花《かざはな》 剣客相談人3

森詠［著］

風花の舞う太鼓橋の上で旅姿の武家娘が斬られた。瀕死の娘を助けたことから「殿」こと大館文史郎は巨大な謎に立ち向かう！大人気シリーズ第3弾！

進之介密命剣 忘れ草秘剣帖1

森詠［著］

開港前夜の横浜村近くの浜に、瀕死の若侍を乗せた小舟が打ち上げられた。回線問屋の娘らの介抱で傷は癒えたが記憶の戻らぬ若侍に迫りくる謎の刺客たち！

流れ星 忘れ草秘剣帖2

森詠［著］

父は薩摩藩の江戸留守居役、母、弟妹と共に殺されていた。いったい何が起こったのか？記憶を失った若侍に明かされる驚愕の過去！大河時代小説第2弾！

孤剣、舞う 忘れ草秘剣帖3

森詠［著］

千葉道場で旧友坂本竜馬らと再会した進之介の心に疾風怒涛の魂が荒れ狂う。自分にしかできぬことがあるやらずにいたら悔いを残す！好評シリーズ第3弾！

影狩り　忘れ草秘剣帖4

森詠［著］

江戸城大手門はじめ開明派雄藩の江戸藩邸に脅迫状が張られ、筆頭老中の寝所に刺客が……。天誅を策す「影法師」に密命を帯びた進之介の北辰一刀流の剣が唸る！

大江戸三男《さんおとこ》事件帖　与力と火消と相撲取りは江戸の華

幡大介［著］

欣吾と伝次郎と三太郎、身分は違うが餓鬼の頃から互いに助け合ってきた仲間。「は組」の娘、お栄とともに旧知の老与力を救うべくたちあがる…シリーズ第1弾！

仁王の涙　大江戸三男事件帖2

幡大介［著］

若き三義兄弟の末で巨漢だが気の弱い三太郎が、ひょんなことから相撲界に！戦国の世からライバルの相撲好きの大名家の争いに巻き込まれてしまった…

八丁堀の天女　大江戸三男事件帖3

幡大介［著］

富商の倅が持参金つきで貧乏御家人の養子に入って間もなく謎の不審死。同時期、同様の養子が刺客に命を狙われて…。北町の名物老与力と麗しき養女に迫る危機！

兄ィは与力　大江戸三男事件帖4

幡大介［著］

欣吾は北町奉行所の老与力・益岡喜六の入り婿となって見習い与力に。強風の夜、義兄弟のふたりを供に見廻り中、欣吾は凄腕の浪人にいきなり斬りつけられた！

一万石の賭け　将棋士お香 事件帖1

沖田正午［著］

水戸成圀は黄門様の曾孫。御俠で伝法なお香と出会い退屈な隠居生活が大転換！藩主同士の賭け将棋に巻き込まれて…。天才棋士お香は十八歳。水戸の隠居と大暴れ！

二見時代小説文庫

山峡の城　無茶の勘兵衛日月録

浅黄 斑［著］

藩財政を巡る暗闘に翻弄されながらも毅然と生きる父と息子の姿を描く著者渾身の感動的な力作！本格ミステリ作家が長編時代小説を書き下ろし

火蛾《かが》の舞　無茶の勘兵衛日月録2

浅黄 斑［著］

越前大野藩で文武両道に頭角を現わし、主君御供番として江戸へ旅立つ勘兵衛だが、江戸での秘命は暗殺だった……。人気シリーズの書き下ろし第2弾！

残月の剣　無茶の勘兵衛日月録3

浅黄 斑［著］

浅草の辻で行き倒れの老剣客を助けた「無茶勘」こと落合勘兵衛は、凄絶な藩主後継争いの死闘に巻き込まれていく……。好評の渾身書き下ろし第3弾！

冥暗《めいあん》の辻　無茶の勘兵衛日月録4

浅黄 斑［著］

深傷を負い床に臥した勘兵衛。彼の親友の伊波利三は、ある諫言から謹慎処分を受ける身に。暗雲が二人を包み、それはやがて藩全体に広がろうとしていた。

刺客の爪　無茶の勘兵衛日月録5

浅黄 斑［著］

邪悪の潮流は越前大野から江戸、大和郡山藩に及び、苦悩する落合勘兵衛を打ちのめすかのように更に悲報が舞い込んだ。大河ビルドンクス・ロマン第5弾

陰謀の径《みち》　無茶の勘兵衛日月録6

浅黄 斑［著］

次期大野藩主への贈り物の秘薬に疑惑を持った江戸留守居役松田と勘兵衛はその背景を探る内、迷路の如く張り巡らされた謀略の渦に呑み込まれてゆく……

報復の峠　無茶の勘兵衛日月録7
浅黄斑［著］
越前大野藩に迫る大老酒井忠清を核とする高田藩と福井藩の陰謀、そして勘兵衛を狙う父と子の復讐の刃！正統派教養小説の旗手が贈る激動と感動の第7弾！

惜別の蝶　無茶の勘兵衛日月録8
浅黄斑［著］
越前大野藩を併呑せんと企む大老酒井忠清。事態を憂慮した老中稲葉正則と大目付大岡忠勝が動きだす。藩御耳役・勘兵衛の新たなる闘いが始まった……！

風雲の谺《こだま》　無茶の勘兵衛日月録9
浅黄斑［著］
深化する越前大野藩への謀略。瞬時の油断も許されぬ状況下で、藩御耳役・落合勘兵衛が失踪した！正統派教養小説の旗手が着実な地歩を築く第9弾！

流転の影　無茶の勘兵衛日月録10
浅黄斑［著］
大老酒井忠清への越前大野藩と大和郡山藩の協力密約が成立。勘兵衛は長刀「埋忠明寿」習熟の野稽古の途次、捨子を助けるが、これが事件の発端となって…

月下の蛇　無茶の勘兵衛日月録11
浅黄斑［著］
越前大野藩次期藩主廃嫡の謀略が進むなか、勘兵衛は大目付大岡忠勝の呼び出しを受けた。藩随一の剣の使い手勘兵衛に、大岡はいかなる秘密を語るのか…！

秋蜩《ひぐらし》の宴　無茶の勘兵衛日月録12
浅黄斑［著］
越前大野藩の御耳役・落合勘兵衛は祝言のため三年ぶりの帰国の途に。だが、待ち受けていたのは五人の暗殺者……！苦闘する武士の姿を静謐の筆致で描く！

幻惑の旗　無茶の勘兵衛日月録13
浅黄斑［著］

祝言を挙げ、新妻を伴い江戸へ戻った勘兵衛の束の間の平穏は密偵の一報で急変した。越前大野藩の次期藩主・松平直明を廃嫡せんとする新たな謀略が蠢動しはじめたのだ。

はぐれ同心 闇裁き　龍之助 江戸草紙
喜安幸夫［著］

時の老中のおとし胤が北町奉行所の同心になった。女壺振りと島帰りを手下に型破りな手法と豪剣で、悪を裁く！ワルも一目置く人情同心が巨悪に挑む新シリーズ

隠れ刃　はぐれ同心 闇裁き2
喜安幸夫［著］

町人には許されぬ仇討ちに人情同心の龍之助が助っ人。敵の武士は松平定信の家臣、尋常の勝負はできない。〝闇の仇討ち〟の秘策とは？大好評シリーズ第2弾

因果の棺桶　はぐれ同心 闇裁き3
喜安幸夫［著］

死期の近い老母が打った一世一代の大芝居が思わぬ魔手を引き寄せた。天下の松平を向こうにまわし龍之助の剣と知略が冴える！大好評シリーズ第3弾

老中の迷走　はぐれ同心 闇裁き4
喜安幸夫［著］

百姓代の命がけの直訴を闇に葬ろうとする松平定信の黒い罠！龍之助が策した手助けの成否は？これぞ町方の心意気、天下の老中を相手に弱きを助けて大活躍！

斬り込み　はぐれ同心 闇裁き5
喜安幸夫［著］

時の老中の家臣が水茶屋の妓に入れ揚げ、散財しているという。極秘に妓を〝始末〟するべく、老中一派は龍之助に探索を依頼する。武士の情けから龍之助がとった手段とは？